클링조어의 마지막 여름

헤르만 헤세
Hermann Hesse

클링조어의 마지막 여름
Klingsors letzter Sommer

안인희
옮김

차례

머리말 007

클링조어 009
루이 022
카레노 소풍 033
클링조어가 에디트에게 062
몰락의 음악 065
8월의 저녁 084
클링조어가 잔인한 사람 루이에게 편지를 쓰다 094
클링조어가 친구 두보에게 시 한 편을 보내다 101
── 그가 자화상을 그리던 나날들에 쓴 것
자화상 103

해설 | 탐미적 술꾼의 최후 112

일러두기

1. 번역 대본으로는 Hermann Hesse, *Das erzählerische Werk:* Band 8, Die Erzählungen 3. 1911-1954(Suhrkamp Verlag, 2017)를 사용했다.
2. 주석은 모두 옮긴이 주다.
3. 외래어 표기의 일부는 국립국어원의 외래어표기법을 따르지 않았다.
4. 본문의 그림은 모두 헤르만 헤세가 그린 것으로, 원서에는 들어 있지 않다.

머리말

 마흔두 살 화가 클링조어는, 젊은 시절부터 좋아해 자주 방문하던 [스위스] 남부의 팜팜비오, 카레노, 라구노 일대에서 생애 마지막 여름을 보냈다. 거기서 그의 마지막 그림들이 나왔다. 현상세계의 형태들을 자유롭게 해석한, 구부러진 나무들과 식물 같은 집들이 있는, 이상하고도 빛나는, 그러면서도 꿈결처럼 정지된 정물화들로서, 전문가들이 그의 '고전' 시대의 작품보다도 오히려 더 좋게 여기는 작품들이다. 당시 그의 팔레트에는 몇 개 안 되는 매우 빛나는 광채를 지닌 색깔들만 보였다. 카드뮴 노랑과 빨강, '베로나 녹색', 에메랄드, 코발트, 코발트 보라, 프렌치버밀리언(적색), 제라늄 적색 등이었다.

늦가을에 들려온 클링조어의 사망 소식은 그의 친구들을 깜짝 놀라게 했다. 그가 보낸 몇몇 편지에 죽음의 예감, 또는 아예 죽음의 소망이 담겨 있긴 했었다. 아마 그래서 그가 스스로 목숨을 끊었다는 소문이 생겨났을 것이다. 논란 많은 이 이름과 연결된 다른 소문들도 이 소문만큼이나 근거가 빈약했다. 많은 이가 클링조어는 이미 여러 달 전부터 정신병에 걸려 있었다고 주장했고, 심지어 통찰력이 있는 어떤 미술 평론가는 클링조어의 마지막 그림들에 나타난 당혹스러운 무아지경의 요소를 바로 이런 광증으로 설명하려고도 했다! 술을 좋아한 그의 일화들과 술에 얽힌 소문은 이런 풍문들보다는 더 근거가 있다. 그는 술을 좋아했고, 다른 누구보다 그 자신이 더욱 공공연히 그렇게 말하고 다녔으니까. 특정한 시기에, 그리고 생애 마지막 몇 달 동안에도 자주 폭음에서 즐거움을 느꼈을 뿐만 아니라, 참기 힘든 우울증과 고통을 마비시키려고 포도주에 취하곤 했다. 술을 찬미하는 노래들을 남긴 시인 이태백을 좋아해서 취하면 자주 자신을 이태백이라 부르고, 친구 한 명을 두보라 불렀다.

그의 작품들은 앞으로도 계속 살아남을 것이며, 가장 친했던 사람들의 작은 모임에서는 그의 생애와 그 마지막 여름의 전설도 계속 남아 있을 것이다.

클링조어

 빨리 피어났다 도로 시드는 정열적인 여름이 시작되었다. 길고 뜨거운 낮은 불타는 깃발처럼 활활 타버리고, 짧고 습한 달밤과 짧고 습한 비 내리는 밤들이 이어지면서, 넘치도록 그림들로 채워진 빛나는 몇 주가 꿈결처럼 빠르게 열을 뿜고 가버렸다.

 밤길에서 돌아온 클링조어는 자정이 지났는데도 작업실에 붙은 좁은 석조 발코니로 나가 섰다. 발아래로 급경사 계단 형태의 오래된 정원이 어지럼증 나도록 깊이 떨어져 내리는데, 그 위로 빽빽이 우거진 야자나무, 삼나무, 밤나무, 유다나무(서양 박태기나무), 잎 빨간 너도밤나무, 유칼립투스 등의 우듬지들이 온갖 덩굴식물과 열대 덩굴나무, 등나무들로 휘

감기고 뒤엉켜서 짙은 그림자를 이루었다. 이 시커먼 나무우듬지 위쪽으로 함박꽃나무의 커다란 금속성 잎사귀들이 창백하게 번들거렸다. 달과 상아처럼 창백하고 인간의 머리만큼이나 커다란, 눈처럼 하얗고 거대한 함박꽃 봉오리 몇이 잎사귀 사이에서 절반쯤 열리고 있는데, 친근한 레몬 향이 이들을 뚫고 날개 달린 듯 이쪽으로 넘어왔다. 기타 소리인지 피아노 소리인지 분간 안 되는 음악이 가늠하기 힘든 먼 곳에서 고단하게 흔들리며 날아왔다. 가금류 농장에서 공작새 한마리가 갑자기 고함을 질렀다. 마치 동물계 전체의 아픔을 대변해 거칠고도 날카롭게 책망이라도 하려는 양, 고통받은 목소리로 짧고도 악의적으로 딱딱대는 소리를 두세 번 거듭 밤의 숲을 향해 내질렀다. 숲 골짜기를 통해 별빛이 흐르고, 높은 곳에 버려진 하얀 예배당 하나가 오랜 마법에 걸린 채 끝없는 숲에서 이쪽을 바라보았다. 호수와 알프스산들과 하늘이 멀리서 하나로 녹아들었다.*

속옷 차림의 클링조어는 맨살의 두 팔을 쇠 난간에 기대고 뜨거운 눈길로 창백한 하늘에선 별들의 문자를, 뒤엉킨 검은 나무들의 거대한 아치 위에선 온화한 불빛들의 문자를 읽었다. 공작새가 그의 기억을 일깨웠다. 그래, 다시 사나운 밤, 늦은 시각이다, 무슨 일이 있어도 무조건 잠을 자야 할 텐데. 며칠 밤만 연속해서 제대로 잔다면, 여섯 시간이나 여덟 시간을 제대로 잔다면, 아마 기운이 회복되면서 눈은 다시 고분고분 참을성이 생기고, 심장도 더 차분해지고, 관자놀이의 통증도 없어질 텐데. 하지만 그랬다간 이 여름은 지나가버리고, 이토록 미친 듯 펄럭이는 여름의 꿈도 끝날 테지, 그와 더불어 아직 마시지 못한 천 개 술잔이 쏟아지고, 아직 보지 못한 천 개

---

* 루가노의 몬타뇰라 헤세 박물관(카사 카무치) 창가에서 내려다보면 지금도 비슷한 풍경이 보인다.

사랑의 눈길도 꺼지고, 다시는 내놓을 수 없는 천 개 그림도 못 본 채 사라지는 거다!

통증 심한 눈과 이마를 차가운 쇠 난간에 가져다 대자 한순간 시원했다. 1년 안에, 어쩌면 그보다도 더 일찍 이 눈은 멀고 심장의 불이 꺼질 거다. 그렇다, 어떤 인간도 이토록 활활 타오르는 삶을 오래 견딜 수는 없으니까, 그 자신, 목숨 열 개를 가진 클링조어조차도 말이다. 그 누구도 오랜 기간에 걸쳐 밤낮으로 자신의 불길을, 자신의 화산들을 모조리 타오르게 할 수는 없다. 누구도 짧은 시간이라면 모를까, 그 이상 밤낮 오래 이런 불꽃 속에 있을 순 없다. 매일 낮의 많은 시간을 작열하는 작업으로, 밤의 많은 시간을 이글거리는 사색으로 보내고, 그러면서도 여전히 즐기고 또 창작하면서, 낮이면 낮마다 창문 안에서 음악이 울려 퍼지고, 밤이면 밤마다 천 개 촛불이 타오르는 성(城)처럼, 언제까지나 모든 감각과 신경이 맑게 깨어 있을 순 없다. 머지않아 끝날 것이다. 벌써 힘이 많이 소진되고 시력도 많이 약해졌으며 생명력은 피를 많이 흘렸다.

그는 갑자기 웃음을 터뜨리며 몸을 쭉 폈다. 여러 번이나 이미 그렇게 느끼고, 그렇게 생각하고 자주 두려워했던 게 생각난 것이다. 그가 살면서 좋고도 결실 풍부했던 작열하는 시기와 또한 젊을 때도 늘 그렇게 지냈다. 그의 양초는 동시에 양쪽에서 타올랐다. 미칠 듯 낭비하고 연소하는, 때론 환호하고 때론 흐느끼는 감정으로, 잔을 완전히 비우겠노라는 필사적인 욕망으로, 또한 종말을 앞두고 있다는 깊고도 비밀스러운 두려움으로 불타올랐다. 이미 자주 그렇게 살았고, 자주 그렇게 잔을 비웠으며, 자주 그렇게 활활 타올랐다. 그 마지막은 이따금 의식 없는 깊은 겨울잠처럼 부드러웠다. 하지만 때로는 끔찍했으니, 무의미한 황폐함, 끝없는 통증, 의사들, 슬픈 체념, 허약함이 승리했다. 물론 작열하는 시간의 종말은 해마다 점점 더 고약해지고, 슬퍼지고, 파괴적이 되었다. 하지만 언제나 결국은 그것도 견디고 살아남았다. 고통이나 마비의 뒤, 몇 주나 몇 달 뒤에는 부활이 찾아왔고, 새로운 불꽃, 지하 불길의 폭발, 더욱 작열하는 새로운 작업, 빛나는 새로운 삶의 도취가 나타났다. 지금까진 그랬다. 고통과 실패의 시간, 비참한 중간기들은 도로 잊히고 가라앉았다. 그걸로 좋았다. 전에 자주 그랬듯 이번에도 그럴 것이다.

 미소 지으며 그는 오늘 저녁에 만난 지나를 생각했다. 밤에 집으로 오는 길 내내 그녀를 두고 달콤한 생각의 유희를 펼쳤다. 아직 경험해보지 못한 불안한 불길에 휩싸인 이 아가씨는 얼마나 아름답고 따스했던가! 그는 다시 그녀의 귀에 속삭이

듯, 장난치며 부드럽게 중얼거렸다. "지나! 지나! 카라[친애하는] 지나! 카리나[귀여운] 지나! 벨라[아름다운] 지나!"

방으로 돌아가 다시 불을 켰다. 마구 뒤섞인 작은 책 더미에서 붉은 시집 한 권을 끄집어냈다. 시 한 구절이 마음에 떠올랐던 것이다. 오래 뒤진 끝에 마침내 이루 말할 수 없이 아름답고 사랑스럽게 들리는 한 구절을 찾아냈다.

> 이 고통과 이 밤에 나를 맡겨두지 마오,
> 그대 가장 사랑스러운 여인, 그대 나의 달 얼굴이여!
> 오, 그대 나의 인광(燐光), 나의 촛불,
> 그대 나의 태양, 나의 빛이여!

깊이 만족하며 그는 검붉은 포도주인 양 이 문장들을 후루룩 들이켰다. 오, 그대 나의 인광! 그대 나의 달 얼굴이여! 라니, 이 얼마나 아름답고 친밀하고 매혹적인가!

그는 미소 지으며 높은 창들 앞을 오가다 이 구절을 중얼거리고, 또 멀리 있는 지나를 향해 외쳤다. "오, 그대 나의 달 얼굴이여!" 그의 목소리가 다정함으로 봉롱해졌다.

그러고는 작업으로 긴 하루를 보내고 나서도 저녁 내내 들고 다닌 서류 가방을 열었다. 가장 좋아하는 작은 스케치북을 꺼내 어제와 오늘 작업한 마지막 장들을 펼쳤다. 깊은 암벽 그림자들이 있는 원뿔형 산의 스케치가 나타났다. 산을 거의 찌푸린 얼굴처럼 그렸기에, 산은 찢기는 고통으로 비명을 지르는 듯했다. 산비탈에 작은 반원형 돌우물이 있는데, 아치 모양 돌벽은 그림자로 검게 칠해졌고, 그 위쪽에서 꽃 피는 석류나무 한 그루가 피처럼 붉게 작열한다. 모든 것은 오직 그만이 읽을 수 있는, 그 자신만을 위한 비밀문서, 급히 탐욕스럽게 붙잡은 순간의 비망록, 자연과 마음이 큰 소리로 다시 화음을 이룬 모든 순간에서 서둘러 잡아챈 기억이었다. 이젠 더 큰 채색 스케치들 차례다, 빛나는 색채 표면들을 지닌 흰 꽃잎들의 수채화. 덤불숲 속 붉은 빌라는 초록색 비로드 위의 붉은 루비처럼 이글거리고. 카스틸리아 근처의 쇠다리, 연초록 산 위의 붉은색, 그 옆엔 보랏빛 댐, 장밋빛 도로. 계속해서 벽돌 굴뚝, 서늘하게 밝은 나무 초록색을 배경으로 붉은 로켓, 푸른색 도로 표지판, 두툼하고 둥근 구름이 있는 연보랏빛 하늘. 이 페이지는 좋은데, 그대로 둬도 되겠어. 마구간 진입로는 유감인걸, 강철 하늘 배경의 적갈색은 좋다, 이건 말하고 또 울림도 있지만 겨우 절반만 완성되었다. 태양이 종이에 내리쬐어 미칠 듯한 눈의 통증을 만들어냈었지. 그래서 나중에 한참이나 얼굴을 시냇물에 담가야 했다. 이제 보니 이렇듯 고약한 금속성 푸른색을 배경으로 적갈색이 나타나 있는데, 이게 좋구나. 이건 결코 하찮은 채색이 아니고, 가장 작은 음영조차 위조되거나 실패한 것은 아니다. 붉은 산화철이 없다면 이런 색을 내진 못했을 거다. 바로 이 영역에 비밀이 있었다. 자연의 형태들, 위아래, 두껍기나 얇기는 뒤로 밀릴 수도 있고, 자연을 모방하는 온갖 소박한 방식으로 포기할 수도 있다. 색채도 강조나 약화, 이동 등 백 가지 방식으로 위조될 수 있었다. 하지만 자연 한 조각을 색채를 동원해 시로 바꾸려면, 몇몇 색깔이 정밀하게, 극히 정밀하게 자연에서와 동일한 비율, 동일한 긴장감을 지니도록 하는 게 핵심이었다. 여기선 복종해야 한다, 비록 잿빛 대신 오렌지색, 검정 대신 온갖 뉘앙스의 붉은색을 쓰더라도, 한동안은 자연주의자로 머물러야 했다.

그러니까, 다시 하루가 스러졌고 결실은 빈약했다. 공장 굴뚝 스케치와 또 다른 스케치에서 붉은 청색의 울림, 그리고 아마도 샘이 있는 스케치 정도가 결실이라면 결실이었다. 내일 날씨가 흐리면 카라비나로 가야지. 그곳엔 세탁하는 여인네들이 모이는 홀이 있으니까. 어쩌면 다시 비가 내릴지도, 그럼, 집에 머물러 시냇물 그림 유화를 시작해야지. 그리고 이젠 침대로! 다시 1시가 넘었다.

침실에서 그는 속옷을 벗어버리고 붉은 돌바닥에 철썩 소리가 나도록 어깨 위로 물을 붓고는 침대로 뛰어 들어가 불을 껐다. 창백한 살루테산이 창문으로 안을 들여다보았다. 클링조어는 잠자리에서 이미 천 번이나 그 산의 형태를 읽었다. 깊고도 텅 빈 숲의 협곡에서 올빼미 소리가 올라왔다, 잠처럼, 망각처럼.

그는 두 눈을 감고 지나를 생각하고 세탁하는 여인네들이 있는 홀을 생각했다. 맙소사, 그토록 많은 일이 기다리고, 수천 개의 잔이 가득 채워져 있다! 인간이 그림으로 그려선 안 될 건 지상에 없다! 세상에 사랑해선 안 될 여자는 없다! 어째서 시간이란 게 있나? 어쩌자고 멍청한 '차례차례'만 있고, 사납게 날뛰며 만족을 주는 '한꺼번에'란 없는 거지? 어쩌자고 지금 나는 다시 홀아비처럼, 늙은이처럼 홀로 침대에 있는 건가? 인간은 짧은 삶 전체를 통해 즐길 수도, 창작할 수도 있지만, 언제나 한 번에 한 가지 노래만 할 뿐, 백 가지 목소리와 악기들이 한꺼번에 터져 나오는 교향곡을 울려 퍼지게는 못 한다.

벌써 오래전, 열두 살 때 그는 목숨이 열 개인 클링조어였다. 사내아이들 사이에 산적 놀이가 유행했는데, 산적들은 저마다 목숨이 열 개씩이고, 술래 손에 닿거나 투창으로 건드려

지면 목숨 하나씩을 잃었다. 목숨 여섯 개, 세 개, 단 한 개만으로도 위기에서 벗어나 해방될 수 있었다. 오직 열 번째 목숨마저 잃어야만 비로소 진짜로 끝났다. 하지만 클링조어는 자신의 모든 목숨, 곧 열 개 목숨을 고스란히 지닌 채 놀이를 끝내는 걸 자랑으로 여기고, 아홉이나 일곱 개 목숨으로 놀이를 끝내면 수치로 여겼다. 소년 클링조어는 그랬었다. 세상에 불가능한 것이 없던 시절, 세상에 어려움이 없고, 모두가 클링조어를 사랑하고, 클링조어가 모두에게 명령하던 시절, 모든 게 클링조어의 것이던 시절이었다. 그리고 그는 그렇게 계속 언제나 열 개 목숨으로 살았다. 비록 꽝 울리는 완벽한 교향곡, 완벽한 포만감에 도달한 적은 한 번도 없었지만—그의 노래가 한 개 목소리만 지닌 빈약한 것인 적은 없었다. 연주에선 언제나 남들보다 현(絃) 몇 개가 더 많고, 남들보다 늘 대안이 몇 가지 더 있고, 지갑에는 몇 탈러 더, 마차에는 말 몇 마리가 더 달려 있었다! 다행히도!

어두운 정원의 고요함은 얼마나 풍요롭고도 활기차게 안으로 들어오는가, 마치 잠자는 여인의 숨결 같다! 공작새는 어떻게 소리쳤던가! 가슴속 불길은 얼마나 타오르고, 심장은 얼마나 고동치며 외치고 환호하고 피 흘리는가. 높은 곳에 자리한 이곳 카스타네타는 멋진 여름이니, 그는 낡고 고귀한 폐허*에

당당히 살며 백 개 밤나무 숲들의 움찔거리는 등판을 당당히 내려다보았다. 이 오래된 고귀한 숲-세계, 성(城)-세계에서 탐욕스럽게 아래로 내려가 저 아래쪽의 채색된 즐거운 장난감을 바라보고, 그 선량하고 즐거운 강렬함을 그림으로 그리는 건 멋진 일이었다. 공장, 철도, 푸른색 트램, 부두의 광고탑, 으스대는 공작새들, 여인네들, 사제들, 자동차들을 그리는 것 말이다. 그리고 자기 가슴속 이런 감정은 얼마나 아름답고 괴롭고 이해할 수 없는 것인가! 삶의 오색 리본과 찌푸림을 향한 사랑과 펄럭이는 이 욕망, 바라보고 또 형태화하려는 거칠고도 달콤한 이 강박증, 그러면서도 동시에 얇은 덮개 아래 감추어진 자기 행동의 유치함과 허망함을 깊이 알고 있음은!

짧은 여름밤은 열기 속에 녹아 사라지고, 초록빛 골짜기 깊은 곳에선 수증기가 올라오고, 10만 그루 나무 속에선 수액이 끓어오르고, 클링조어의 얕은 선잠에선 10만 개의 꿈이 솟아오르고, 그의 영혼은 자기 삶의 거울 홀을 통과해 걸어가는데, 그런 거울 홀에선 모든 모습이 수없이 여러 배로 늘어나며 그때마다 새로운 얼굴, 새로운 의미를 만나고 새로운 연관성을 얻는다, 마치 별하늘 하나가 주사위 통 안에서 흔들려

• 헤세가 거주했던 집 '카사 카무치'로, 현재는 그 일부가 박물관으로 사용된다.

마구 뒤섞이기라도 하듯.

수많은 꿈의 모습 중 하나가 그의 마음을 매혹하고 뒤흔들었다. 그가 어떤 숲속에 누워 있는데, 붉은 머리 여인 하나는 그의 품 안에 있고, 검은 머리 여인은 그의 어깨에 기대 누웠고, 또 다른 여인은 그의 옆에 무릎을 꿇은 채 그의 손을 잡고 그 손가락에 키스했다. 사방에 여인과 소녀가 있는데, 일부는 아직 얇고 긴 다리를 지닌 아이들, 일부는 완전히 피어나는 아가씨들, 일부는 경련하는 얼굴에 많은 것을 알고 있는, 피곤함의 표지를 지닌 원숙한 여인들로, 그들 모두가 그를 사랑하고, 또한 그의 사랑을 받고 싶어 했다. 그때 여인들 사이에서 싸움과 불꽃이 일어나더니, 붉은 머리 여자가 미친 손길로 검은 머리 여자의 머리카락을 움켜쥐고 바닥으로 내동댕이치며 자신도 나동그라졌다. 여자들이 모조리 서로에게 덤벼들어 저마다 비명을 지르면서 쥐어뜯고 물어서 상대를 아프게 하고 자신도 아파하며, 웃음, 분노의 외침, 고통의 울부짖음이 서로 뒤엉켜 울려 나오고, 사방에 피가 흐르면서 손톱들이 기름진 살 속으로 파고들었다.

클링조어는 우울함과 압박감을 느끼며 깨어나 몇 분 동안 벽에 뚫린 투명한 구멍을 멍하니 바라보았다. 눈앞에선 아직도 저 미친 여인네들의 얼굴이 어른거리는데, 그들 중 상당

수는 아는 얼굴들이라 그는 니나, 헤르미네, 엘리자베트, 지나, 에디트, 베르타 등등의 이름을 부르며 아직도 꿈속인 양 쉰 목소리로 외쳤다. "이런 유치한 것들, 그만둬. 너희들 거짓말하는 거야, 내게 거짓말하는 거라고. 너희들끼리 서로 난리 치지 말고 나를 찢어라, 나를!"

루이

 잔인한 사람 루이는 하늘에서 뚝 떨어진 듯 갑자기 나타났다. 클링조어의 오랜 친구이며 여행자, 예측할 수 없는 이 사람은 기차에서 살며 그의 배낭이 곧 그의 아틀리에였다. 그 며칠 하늘에서 좋은 시간들이 떨어져 내리며 좋은 바람이 불었다. 그들은 올리브산*과 카르타고**에서 함께 그림을 그렸다.***

- * 예수가 최후의만찬 뒤에 제자들과 함께 머물며 홀로 기도를 드린 예루살렘의 산.
- ** 아프리카 북부의 도시.
- *** 현실이 아니라, 두 사람이 이곳 스위스의 '라구노'라는 소도시 주변 지역에 그런 이름들을 붙인 것.

"이런 회화(繪畫) 전체가 대체 가치가 있는 걸까?" 올리브 산에서 루이가 벌거벗고 잔디에 엎드려 햇빛에 벌겋게 탄 등을 드러낸 채로 말했다. "그냥 달리 도리가 없으니 그림을 그리는 거지, 친애하는 벗이여. 자네가 좋아하는 아가씨를 항상 품에 안고, 그릇에 담긴 수프가 마침 자네 입맛에 맞는다면, 이런 미친 어린애 장난으로 자신을 괴롭히진 않을 거야. 자연은 만 개의 색깔을 가졌는데, 우린 겨우 스무 개로 줄어든 색채도를 머리에 지니고 있지. 이게 회화야. 우린 절대로 만족하지 못해, 하지만 비평가들도 먹고살아야 하니까. 그에 비하면 뛰어난 마르세유 생선 수프, 카로 미오[친구여], 거기 곁들이는 온화한 부르군트 포도주, 이어서 밀라노 슈니첼, 그리고 디저트로 배와 고르곤졸라 치즈, 이어서 터키 커피─이런 건 현실이라네, 신사분, 이런 게 가치라고! 이곳 팔레스타인에선 얼마나 고약한 식사를 하나! 맙소사, 난 체리나무 안에 들어앉아 있다면 좋겠어, 체리가 내 입안으로 자라고, 내 바로 위의 사다리만 오르면 오늘 아침에 우리가 만난 격정적인 갈색 아가씨에게 가닿는 곳에 말이지. 클링조어, 그림을 그만둬! 라구노에서의 좋은 식사에 자네를 초대하지, 곧 그 시간이 되네."

"정말인가?" 클링조어가 눈을 깜박이며 물었다.

"그렇다네. 그 전에 먼저 정거장으로 가야 해. 솔직히 말하자면 한 여자친구한테 내가 죽어간다는 전보를 보냈거든. 그녀가 11시 기차로 도착할 수도 있어서."

클링조어는 큰 소리로 웃으며 방금 시작한 습작을 이젤에서 떼어냈다.

"자네 말이 맞아, 친구. 라구노로 가자! 셔츠를 입어라, 루이지.* 이곳의 관습은 대체로 순진하지만, 유감스럽게도 벌거벗고 시내로 들어갈 순 없어."

그들은 소도시로 나갔다. 기차 정거장으로 갔고, 아름다운 여인이 도착했으며, 레스토랑에서 훌륭한 식사를 했다. 지난 몇 달 동안 시골에 파묻혀 이런 것을 완전히 잊고 지내던 클링조어는 이 모든 게, 이토록 사랑스럽고 명랑한 것들이 아직도 있다는게 놀라웠다. 송어, 훈제한 돼지 등심살, 아스파라거스, 샤블리,** 발리스주에서 생산된 적포도주, 베네딕트 수도사들의 밀맥주 같은 것.

점심 후에 세 사람은 푸니쿨라를 타고 가파른 도시를 통과해 위로 올라갔다.*** 집들을 가로지르고 창문들과 산에 매달린 정원들을 지나 올라갔는데, 아주 아름다웠다. 그대로 앉아

- 프랑스어 '루이'에 해당하는 이탈리아어 남자 이름.
- 프랑스 부르군트산 백포도주.

있다가 다시 푸니쿨라를 타고 내려왔지만, 다시 한번 더 타고 올라갔다가 내려왔다. 세상은 특별히 아름답고 이상하며, 색채가 아주 많고, 약간 의문스러우며 어딘지 그럴싸하지 않고, 그러면서도 놀랄 만큼 아름다웠다. 클링조어는 쑥스러워서 쳐다보기를 꺼리며 루이지의 아름다운 여자친구에게 반하지 않으려고 애썼다. 그들은 한 번 더 카페에 들렀다가 텅 빈 오후의 공원으로 갔다가 호숫가의 키 큰 나무들 아래 누웠다. 많은 것을 보았으니, 그것들을 모두 그림으로 그려야 했을 것이다. 짙은 초록색 바탕에 붉은 보석으로 만든 것 같은 집들, 뱀처럼 구불거리는 나무들과 가발을 쓴 것 같은 나무들, 군청색과 녹슨 갈색.

"자넨 아주 사랑스럽고 즐거운 것들을 그렸지, 루이지" 클링조어가 말했다. "나는 그것들을 모두 정말 좋아해. 깃대들, 어릿광대들, 서커스들, 하지만 그 모든 것 중 가장 좋아하는 건 밤의 회전목마 그림에 나타난 점 하나야. 보라색 천막 위로, 그 모든 불빛에서 멀리 떨어져 위쪽 높고 어두운 곳에 서늘하고 작은 연분홍 깃발 하나가 있지, 정말 아름답고, 서늘하

••• 소설의 공간적 배경이 되는 도시 라구노는 헤세가 당시 이주한 스위스 남쪽의 루가노를 가리킨다. 루가노 시내에서 산 살바토레(San Salvatore)산으로 올라가는 푸니쿨라는 유명한 관광 상품이다.

고, 고독한, 끔찍이도 고독한! 그건 이태백*이나 폴 베를렌**의 시와 같아. 이 작고 멍청한 분홍빛 깃발에는 세상의 모든 우수와 체념이 들어 있거든. 자네가 이 작은 깃발을 그렸다는 것만으로 자네 삶은 정당화된 거지, 그걸 높이 쳐줄게, 그 작은 깃발을."

"그래, 자네가 그걸 좋아한다는 걸 나도 알아."

"자네 자신도 그걸 좋아하지. 자네가 그런 몇 가지를 그리지 않았다면, 모든 좋은 식사와 포도주, 여자들과 커피도 자네한테 아무 쓸모 없었을 거야. 자넨 그냥 가련한 녀석이었을 거라고. 하지만 그래도 자넨 부자 악마니까, 그리고 사람들이 좋아하는 녀석이기도 하고. 이보게, 루이지, 나도 자주 자네처럼 생각해. 우리의 예술 전체가 하나의 대용품이라고, 소홀히 한 삶, 소홀히 한 동물의 특성, 소홀히 한 사랑의 고단하고 열 배나 더 비싼 대용품이라고 말일세. 하지만 꼭 그렇진 않아. 전혀 달라. 정신적인 것을 겨우 감각적인 것의 결핍에 대한 비상 대용품 정도로 여긴다면, 감각적인 것을 과대평가한 거야. 감각적인 건 정신보다 머리카락 한 올만큼도 더 가치

---

* 중국 당나라의 시인 이태백(701~762).
** 프랑스의 상징주의 시인 폴 베를렌(1844~1896).

있는 게 아니고, 그 반대도 마찬가지. 모든 것은 한가지야, 모두가 똑같이 좋아. 자네가 여자를 끌어안거나 시를 짓거나 같은 거야. 핵심만 있다면, 그러니까 사랑, 불타오름, 감동받음만 있다면, 자네가 [그리스에 있는] 아토스산의 수도사든 파리의 플레이보이든 그건 한가지야."

루이가 조롱 섞인 눈길로 천천히 이쪽을 건너다보았다. "이보게, 자네의 자랑거리들을 깨뜨리지 말게나!"

그들은 아름다운 여인과 함께 이 일대를 이리저리 돌아다녔다. 두 사람 모두 보는 힘이 뛰어났으니 그럴 수 있었다. 몇몇 도시와 마을을 돌며 로마를 보고 일본을 보고, 남태평양도 보았으며, 장난치는 손가락으로 그런 환상들을 도로 파괴했다. 또한 변덕 나는 대로 하늘의 별들에 불붙이기도 다시 끄기도 하면서, 넉넉한 밤을 통과하는 발광탄을 쏘아 올렸다. 세상은 비눗방울, 오페라, 즐거운 무의미였으니.

한 마리 새인 루이는 클링조어가 그림을 그리는 동안 자전거를 타고 구릉으로 이루어진 지역을 이리저리 돌아다녔다. 클링조어는 여러 날을 희생했고, 그런 다음엔 도로 끈질기게 밖으로 나가 앉아 작업을 했다. 루이는 일할 마음이 없었다. 루이는 갑자기 여자친구와 함께 여행을 떠나 멀리서 엽서 한 장을 보내왔다. 클링조어가 그를 이미 잃어버린 사람이려니 여기고 있는데, 돌연 다시 나타나 밀짚모자와 앞 트인 셔츠 차림으로 마치 떠난 적도 없다는 듯 문 앞에 서 있었다. 클링조어는 다시 한번 젊은 시절의 가장 달콤한 잔으로 우정이라는 음료를 마셨다. 그는 친구가 많고, 많은 사람의 사랑을 받았으며, 많은 이에게 성급히 마음을 주거나 마음을 열었다. 하지만 그 많은 친구 중 두 사람만이 이 여름에도 그의 입술에서 옛날 같은 마음의 외침을 들었다. 화가 루이와 '두보'라는 이름으로 불리는 시인 헤르만이었다.

루이는 여러 날이나 들판의 배나무 그늘, 자두나무 그늘에서 자신의 작업용 의자에 앉아 있긴 했지만 그림을 그리진 않았다. 그는 거기 앉아 생각에 잠기고 종이를 작업대에 올려놓고는 글을 썼다. 많은 편지를 썼다. 그렇게 많은 편지를 쓰는 인간들은 행복한 걸까? 그는 긴장해서 진지하게 썼다. 근심 없는 사람인 루이가 한 시간 동안 눈길을 꼼꼼히 종이에 붙잡아두었다. 말하지 않은 많은 것이 그의 주변을 맴돌았고, 클링조어는 그래서 그를 좋아했다.

클링조어는 달랐다. 침묵하지 못했다. 자기 마음을 감출 수 없었다. 거의 누구도 알지 못하는 자기 삶의 은밀한 고통에 대해 가장 가까운 사람들에게 알렸다. 자주 불안감에, 우수에 시달렸고, 어둠의 갱도 안에 붙잡혀 누워 있었다. 예전의 삶에서 나온 그림자들이 이따금 너무 거대한 모습으로 그의 낯으로 떨어져 내려 그의 낯을 어둡게 했다. 그럴 때 루이지의 얼굴을 보는 것이 그에겐 기분 좋은 일이었다. 그러다 이따금 그에게 탄식을 털어놓기도 했다.

하지만 루이는 이런 허약한 측면들을 보는 걸 좋아하지 않았다. 그런 것들이 그의 마음을 괴롭히고, 또 동정심을 요구했다. 클링조어는 친구에게 자기 마음을 보여주는 것에 익숙했고, 그러다 친구를 잃을 거라는 사실을 너무 늦게야 깨달았다.

루이는 다시 여행의 출발을 이야기하기 시작했다. 클링조어는 어쩌면 그를 며칠 더, 사흘이나 닷새쯤 더 붙잡아둘 수 있으리란 걸 알고 있었다. 하지만 갑자기 여행 가방을 보여주고는 오래 돌아오지 않을 여행을 떠날 것이다. 삶은 얼마나 짧은지, 모든 것은 얼마나 되돌릴 수 없는 것인지! 친구들 가운데 자신의 예술을 완전히 이해하는 사람, 그의 예술 자체가 자기 것과 가깝고도 대등한 사람, 자기는 이 유일한 사람을 놀라게 하고 부담을 주어 언짢아하며 냉정해지게 만들었다. 저 멍청한 허약함과 편안함으로 인해, 친구를 위해 아무 노력도 하지 않으려는, 그 앞에서는 그 어떤 비밀도 그 어떤 거리감도 두지 않으려는, 유치하고도 예의 없는 욕구로 인해서 말이다. 이 모든 게 얼마나 어리석고 아이 같은 짓이었던가! 그래서 클링조어는 스스로를 벌주었다, 너무나 늦게.

 마지막 날 그들은 함께 황금빛 골짜기들을 걸어서 돌아다녔다. 루이는 기분이 아주 좋았다. 여행의 출발은 새 같은 그의 마음에 삶의 즐거움이었다. 클링조어는 그와 함께했고, 그들은 다시 옛날의 가볍고 장난기 있는, 조롱 섞인 말투를 되찾고선 그것을 놓치지 않았다. 저녁에는 술집 정원에 앉아 있었다. 구운 생선과 버섯 넣은 밥을 주문하고 복숭아 위에 마라스키노*를 부었다.

 "내일 어디로 가나?" 클링조어가 물었다.

 "모르겠어."

 "아름다운 여인에게로 가나?"

 "응, 어쩌면. 누가 그런 걸 알 수 있지? 너무 많이 묻지 말게. 우린 끝으로 좋은 백포도주를 마시려는 참이니까. 난 노이엔부르크 와인이 좋다니까."

 그들은 마셨다. 갑자기 루이가 외쳤다. "내가 떠난다는 게 참 좋다, 늙은 바다표범아. 이렇게 자네 곁에 앉아 있으면, 지금처럼 말이야, 이따금 갑자기 멍청한 생각이 들거든. 우리 훌륭한 조국에 화가 두 명이 있다는 생각이 떠오르는 거야.

---

* 리큐어의 한 종류.

그러면, 끔찍한 느낌이 무릎에 들어, 우리 둘이 손에 손을 잡고 청동으로 만들어진 기념비로 서 있게 될 거라는, 그러니까 저 괴테와 실러처럼 말이지. 그들이 영원히 거기 서서 서로의 청동 손을 잡고 있다보면, 점차 우리한테 불길하게 여겨지고 미움을 받아도 어쩔 수 없는 거지. 아마도 그들은 극히 섬세하고 매혹적인 젊은이들이었을 텐데 말이야. 전에 실러의 희곡 한 편을 읽었는데, 정말 멋지더라고. 하지만 그가 지금 어떻게 되었는지, 그냥 유명한 한 마리 가축이 되어서 자신의 샴쌍둥이 형제와 나란히 서 있어야 하거든, 석고상 곁에 석고상으로 말이야, 그리고 우린 그들의 전집들이 여기저기 놓인 걸 보는 거지, 학교에서도 설명되고. 거참 소름 끼친다. 생각해봐, 100년 뒤의 교수가 김나지움 학생들에게 이렇게 설명하는 꼴 말이야. 클링조어, 1877년 탄생, 대식가라 불린 동시대 사람 루이는 회화를 자연주의에서 해방한 회화 혁신자, 이 두 예술가를 더욱 자세히 살펴보면, 뚜렷하게 나뉘는 세 시기로 구분할 수 있다! 난 차라리 오늘 당장 기관차에 깔려 죽는 게 낫겠다."

"교수들이 기관차에 깔리는 편이 더 낫겠는데."

"그렇게 큰 기관차는 없어. 자네 알지, 우리 기술이란 게 얼마나 하찮은 건지."

벌써 별들이 떠올랐다. 루이가 갑자기 친구의 잔에 자신의 잔을 부딪쳤다.

"좋아, 잔을 부딪치고 끝까지 마시자. 그런 다음 내가 자전거를 타면 안녕. 다만 긴 이별이 아니기를! 술값은 이미 냈어. 건배, 클링조어!"

그들은 잔을 부딪치고 비웠다. 루이는 정원에서 자전거에 올라타고 모자를 흔들며 가버렸다. 밤, 별들. 루이는 중국에 있었다. 루이는 전설이었다.

클링조어는 슬프게 미소 지었다. 나는 이 철새를 얼마나 사랑하는가! 그는 음식점의 자갈 속에 오래 서서 텅 빈 거리를 내려다보았다.

카레노 소풍

 클링조어는 바렝고(Barengo)에서 온 친구들과, 아고스토, 에르실리아와 함께 카레노로 도보 여행[하이킹]을 했다. 아침 시간에 그들은 강하게 향내를 풍기는 조팝나무 사이로, 숲 가장자리에 아직 이슬에 젖은 거미줄을 흔들면서, 무덥고 가파른 숲을 통과해 팜팜비오 골짜기로 내려갔다. 그곳 누런 도로변에선 눈부시게 누런 집들이 여름날로 마비되어 앞으로 기운 채 절반쯤 죽은 듯 잠들어 있고, 물이 말라버린 냇가에는 금속성 하얀 버드나무가 황금색 초원 위로 무거운 날개를 드리웠다. 친구들의 행렬은 증기가 피어오르는 골짜기의 초록색을 통과해 장밋빛 도로를 헤엄치듯 나아갔다. 남자들은 흰색과 누런색 리넨과 실크 옷, 여자들은 흰색과 분홍 옷을 입었고, 에르실리아가 들고 있는 잿빛 도는 초록색 당당한 양산은 마치 마법 반지에 박힌 보석처럼 빛났다.

박애주의자의 목소리를 지닌 의사가 우울하게 탄식했다. "클링조어, 이것 참 유감인걸, 당신의 경이로운 수채화들은 10년 뒤엔 모두 흰색이 될 테니 말이오. 당신이 좋아하는 색깔들은 모두 오래가질 않아."

클링조어가 말했다. "그렇지요. 그보다 더 나쁜 건 의사 선생, 당신의 아름다운 갈색 머리카락이 10년 뒤엔 모조리 잿빛이 될 거요. 그리고 얼마 뒤엔 우리의 아름답고 즐거운 뼈들이 땅의 어느 구멍엔가 누워 있겠지, 유감스럽게도 당신의 아름답고 건강한 뼈도, 에르실리아. 어린이 여러분, 우린 삶에서 이렇게 늦게야 분별이 생기기 시작하는 걸 원하지 않아. 헤르만, 이태백이 뭐라고 했더라?"

시인 헤르만[두보]이 멈추어 서서 읊었다.

    삶은 번개처럼 시드나니,
    그 광채 보자마자 스러져.
    천지는 언제나 변하지 않고 그대로인데
    무심한 세월은 인간의 얼굴 위로 얼마나 빨리 흐르나!
    오, 가득 찬 잔을 앞에 두고 마시지 않는 그대여,

말해보라, 그대 누구를 기다리나?

"아니, 그거 말고." 클링조어가 말했다. "다른 시 말이야, 아침엔 검던 머리카락에 대한 시, 운율이 있는—"
헤르만이 곧바로 시를 읊었다.

너의 머리칼 아침엔 흑단처럼 빛나더니
저녁엔 벌써 그 위로 눈이 내렸네.
살아 있는 몸에 죽어가는 고통 느끼고 싶지 않은 사람아,
잔을 들고 달을 친구로 삼아라.•

클링조어는 약간 쉰 목소리로 크게 웃었다. "대단한 이태백! 그는 알았던 거야, 모든 걸 말이지. 우리도 모든 걸 알아, 그는 우리의 영리한 옛날 형님이니까. 이렇게 취해서 보내는 하루가 그의 마음에 들걸, 바로 이런 날 저녁 이태백은 고요한 강에 뜬 배 위에서 죽었으니 멋진 일이야, 여러분은 보게 될걸, 오늘 모든 게 아름다울 거야."

• 여기 인용된 시는 이태백의 권주가 〈장진주(將進酒)〉의 핵심 모티프를 가져다가 헤르만 헤세가 임의로 고쳐 쓴 것으로 보인다. 무상한 삶과 달과 술이 드러나 있다.

"이태백이 강 위에서 죽다니, 그건 어떤 죽음인가요?" 여성 화가가 물었다.

하지만 에르실리아가 낮고도 좋은 목소리로 말을 끊었다. "아니, 이제 그만! 죽음과 임종 이야기를 하는 사람이 난 안 좋더라. 피니스카 아데소[이제 끝내요], 브루토[못된] 클링조어!"

클링조어가 웃음을 터뜨리며 그녀에게로 왔다. "그대는 얼마나 옳은지, 밤비나[아가씨]! 내가 죽음 이야기를 한마디만 더 하면 그대는 그 양산으로 내 두 눈을 찔러도 되오. 하지만 오늘은 진짜로 멋져, 친애하는 여러분! 새 한 마리가 오늘 노래하면, 그건 동화의 새야, 난 아침에 벌써 그 노랫소리를 들었소. 오늘 바람이 불면, 그건 동화의 바람이야. 하늘의 아이지, 그 바람은 잠자는 공주님들을 깨우고 머리에서 이성을 털어버릴 거야. 오늘 꽃이 피면, 그건 동화의 꽃, 그건 푸른색, 살아서 단 한 번만 피는 거지, 그걸 꺾는 사람은 지복을 얻어."

"저건 무슨 소리죠?" 에르실리아가 의사에게 물었다. 클링조어가 그 말을 들었다.

"그건 이런 뜻이오. 오늘은 다시는 오지 않는다, 오늘을 먹고 마시고 맛보고 냄새 맡지 않는 사람에게 오늘은 영원토록 두 번 다시 오지 않을 거요. 태양은 다시는 오늘과 똑같이 빛나지 않을 거고, 하늘의 이 위치에 있지도 않을 거요,

목성과의 연결, 나와 아고스토와 에르실리아와 우리 모두와의 이런 연결이 다신 나타나지 못해. 다시는 오지 않아, 다시는, 1000년이 지나도 안 오지. 그래서 지금 나는 행운이 가져온 것이니만큼, 잠시 당신 왼편으로 걸으며 당신의 에메랄드빛 양산을 들고 싶소, 그 양산의 빛을 받으면 내 머리통이 오팔처럼 보일 테지. 하지만 당신도 함께하며 노래를 불러야 하오, 당신의 가장 아름다운 노래를."

그가 에르실리아의 팔을 잡자, 그의 날카로운 얼굴이 양산의 청록색 그림자 속에 부드럽게 떠올랐다. 그는 이 그늘에 홀딱 반했고, 양산의 눈부시게 달콤한 색깔이 그를 열광시켰다. 에르실리아가 이탈리아어로 노래하기 시작했다.

내 아빠 원하지 않아
내가 저격병과 혼인하는 걸ㅡ

목소리들이 합세했고, 그들은 노래하며 숲으로 다가가 숲속으로 들어갔는데, 곧 길이 너무 가팔라졌다. 양치식물을 통과하는 길은 큰 산 위쪽으로 사다리처럼 가파른 오르막이었다.

"이 노래 진짜로 수직인걸!" 클링조어가 찬양했다. "아빠는 늘 그러듯 연인들에게 반대하지. 연인들은 잘 드는 칼을 집어

들고 아빠를 죽여. 그는 제거되었어. 그들이 밤에 그렇게 하니, 달 말곤 아무도 그들을 못 보지, 달은 그들을 배신하지 않고, 또 별들도 보긴 하지만 침묵하고, 사랑하는 신께선 곧 그들을 용서하실걸. 그건 얼마나 좋고도 올바른가! 오늘날 시인은 그런 일로 돌 맞아 죽지 않거든."

그들은 햇살이 가득 들어와 희롱하는 밤나무 그늘 사이로 뻗은 좁은 산길을 올라갔다. 클링조어가 올려다보자, 바로 눈앞에 속 비치는 스타킹을 신은 여성 화가의 가는 장딴지가 장밋빛으로 보였다. 뒤를 돌아보자, 에르실리아의 새카만 머리 위로 양산의 청록색이 둥근 아치를 이루었다. 양산 아래로 모두 중 유일하게 검은 머리인 그녀는 보랏빛 실크 옷을 입었다.

갈색과 오렌지색 농가 옆 풀밭에 초록색 풋사과들이 떨어져 뒹구는데, 맛을 보니 서늘하고 시큼했다. 여성 화가는 꿈꾸듯 옛날 전쟁 전, 파리의 센 강변 소풍 이야기를 했다. 그렇다, 파리, 그리고 그 행복하던 옛날!

"그런 일은 다신 오지 않아. 다시는."

"그래서도 안 되고." 화가가 성급하게 외치며 날카로운 매 모양의 머리를 격하게 저었다. "아무것도 다시 와선 안 돼! 대체 뭐 하러? 이게 대체 무슨 어린아이 소원이냐고! 전쟁은 예전의 모든 걸 낙원으로 바꿔버리지, 가장 멍청한 것마저도, 가장 없어도 되는 것마저도. 그래 좋아, 파리는 아름다웠다, 로마는 아름답고, 아를은 아름다웠다. 하지만 오늘 여기는 덜 아름다운가? 낙원이란 파리도 아니고 평화 시기도 아니야, 낙원은 여기야, 저 위쪽 산 위에 있지, 한 시간만 있으면 우린 낙원에 있게 되고 도둑이 될 거야. 오늘 너는 나와 함께 낙원에 있게 될 거라는 말을 들은 그 도둑* 말이지."

그들은 알록알록 그림자 숲길을 벗어나 탁 트인 널찍한 자동차 도로로 나섰는데, 그림자 없이 훤하고 뜨거운 길은 커다란 나선형을 그리며 산꼭대기로 연결되었다. 짙은 녹색 선글라스로 눈을 보호한 클링조어는 맨 뒤에 따라가면서 자주 뒤처져 앞에서 움직이는 모습들과 그들이 이루는 대형을 관찰했다. 그는 일부러 작업 도구를 하나도 가져오지 않았다. 심지어 작은 수첩조차 없는데도 그 그림들에 마음이 움직여 백 번은 멈춰 섰다. 야윈 그의 모습이 아카시아 관목 가장자리, 불그레한 도로 위에 흰색으로 홀로 서 있었다. 여름은 산 위에서 뜨겁게 숨 쉬고, 빛은 수직으로 흘러내리는데, 백 개 주름을 이룬 색깔이 밑에서부터 수증기처럼 올라왔다. 하얀 마

• 예수가 십자가에 못 박힐 때 옆에서 함께 못 박히던 강도 중 한 명에게 했던 말.

을들이 있는 초록색과 붉은색의 가까운 산들 너머로 푸르스름한 산들의 윤곽이 보이고, 그 너머로 다시 더 옅은 푸른색 산들이 거듭 보이다가 저 멀리에 수정 같은 설산의 봉우리들이 비현실적으로 드러나 있었다.* 아카시아와 밤나무 숲 위로 살루테[산 살바토레]산의 암벽 능선과 혹 모양 봉우리가 솟아올라 있었다. 다른 무엇보다도 사람들이 더 아름다운데, 사람들은 꽃들처럼 초록색 아래 빛 속에 서 있었다. 거대한 스카라베 풍뎅이**처럼 빛나는 에메랄드빛 양산 아래 에르실리아의 새카만 머리카락과, 장밋빛 얼굴에 하얀 옷을 입은 날씬한 여성 화가와 다른 이들이었다. 클링조어는 갈증 난 눈으로 그들을 들이마셨지만, 생각은 지나에게 가 있었다. 일주일이 지나야 그녀를 다시 볼 수 있다. 그녀는 도시의 어느 사무실에서 타이핑을 하는데, 그녀를 보기란 좀처럼 드문 일이었고, 게다가 단 둘이서 만난 적은 한 번도 없었다. 그는 그녀를 사랑했다, 하필 그녀를, 자기에 대해 아무것도 모르고, 자기를 알지도 이해하지도 못하는 그녀를. 그녀는 자기를 드물게 보는 이상한 새 한 마리, 유명하지만 낯선 화가로만 여기는데.

- 알프스산맥의 가장자리 산에서 알프스 설산을 바라보는 풍경.
- 고대 이집트에서 신성시한 풍뎅이.

그의 그리움은 하필 그녀에게 달라붙어서 다른 어떤 사랑의 잔도 그를 만족시키지 못하다니 얼마나 이상한 일인가. 그는 한 여인을 위해 먼 길을 걷는 일에 익숙하지 못했다. 그런데 지나를 위해, 한 시간 동안 그녀 곁에 머물며 그 날씬한 작은 손가락을 잡고, 자기 구두를 그녀의 구두 사이에 밀어 넣으며 그녀의 목덜미에 짧은 키스를 하려고 그 먼 길을 걸었다. 곰곰이 그에 대해 생각해보았다. 그 자신에게 기묘한 수수께끼였다. 이제 벌써 전환점인가? 벌써 노년인가? 그건 그냥 스무 살 처녀를 향한 마흔 살 사내의 늦바람일 뿐인가?

능선에 도달하자 저편으로 새로운 세계가 눈에 들어왔다. 가파르게 뾰쪽한 피라미드와 원뿔 형태로만 구성된 비현실적이고 높은 젠나로산(山) 뒤로 비스듬히 태양이 걸려 있고, 산 정상의 평지들은 모두 진보랏빛 그림자 위에 떠 있다. 저기와 여기 사이엔 이글거리는 대기, 그 아래로 까마득히 아래쪽엔 호수의 가느다란 푸른색 지류 하나가 초록색 불길의 숲 뒤에서 서늘하게 쉬고 있었다.

산등성이 위에 아주 작은 마을 하나. 작은 주택이 딸린 지주의 토지, 푸른색과 장미색으로 칠한 너덧 채의 다른 돌집들, 예배당 하나, 우물 하나, 체리나무들. 그들은 우물가 옆 햇볕 속에 멈추었고, 클링조어는 앞으로 더 나아가 그늘 속 농장의 아치문 안으로 들어갔다. 작은 창문조차 드문 푸른 집 세 채가 높이 서 있는데, 집들 사이 공간엔 잔디와 자갈, 염소 한 마리와 쐐기풀이 있었다. 어린아이 하나가 그의 앞으로 달려갔고, 그는 아이를 꾀면서 호주머니에서 초콜릿을 끄집어냈다. 아이가 멈추고, 그는 아이를 붙잡아 쓰다듬으며 초콜릿을 먹였다. 수줍고 아름다운, 검은 머리를 한 어린 소녀는 겁먹은 짐승의 검은 눈과 빛나는 갈색의 날씬한 두 다리를 드러냈다. "너의 집은 어디냐?" 그가 묻자 아이는 가장 가까운 곳, 집들의 절벽 속으로 열린 문을 향해 달려갔다. 마치 태고시대의 동굴에서처럼 어두운 돌 공간에서 한 여인이, 아이의 어머니가 나왔고, 그녀도 초콜릿을 받았다. 더러운 옷에서 갈색 목덜미가 솟아올랐는데, 단단하고 널찍한 얼굴, 햇볕에 그은 아름다운 모습, 넓고 통통한 입술, 커다란 눈, 거칠고도 달콤한 사랑의 매력, 아시아인의 큼직한 얼굴에는 여성과 모성이 넓고도 고요히 드러나 있었다. 그는 유혹하듯 그녀에게 몸을 숙이고, 그녀는 미소로써 자신과 그 사이에 아이를 밀어 넣으며 그걸 피했다. 그는 다시 오리라 결심하면서 그곳을 지나 계속 걸었다. 이 여인을 그리고 싶었다. 아니면 단 한 시간만이라도 그녀의 연인이 되고 싶었다. 그녀는 어머니, 아이, 연인, 짐승, 성모, 그 모든 것이었다.

그는 가슴에 꿈을 가득 품고 천천히 친구들에게로 돌아왔다. 지주의 토지에 딸린 집은 비어서 문이 잠긴 듯한데, 담에는 험한 대포알들이 박혀 있고 변덕스러운 계단 하나가 덤불을 통과해 작은 숲과 언덕으로 연결되고, 그 언덕 꼭대기에 기념비가 있었다. 발렌슈타인 의상에 곱슬머리, 곱슬 턱수염을 매단 바로크 흉상 하나가 거기 홀로 서 있었다. 번쩍이는 정오의 빛 속에 유령과 환상이 산을 둘러쌌는데 기묘한 것이 매복 중이고, 세상은 머나먼 다른 색조에 맞추어졌다. 클링조어가 우물에서 물을 마시자, 호랑나비 한 마리가 날아와 석회석 우물 가장자리에 튄 물방울을 빨아 마셨다.

등성이로 이어지는 산길은 밤나무 그늘과 호두나무 그늘 속으로 들어가기도 하고 햇빛에 드러나기도 했다. 길이 휘는 곳에 오래된 누런색 길거리 예배당 하나가 서 있었다. 벽감엔 빛바랜 낡은 그림들과 천사처럼 달콤하고도 유치한 성인(聖人)의 머리 하나와 붉은색과 갈색의 옷 한 조각만 남은 채 나머지는 부스러져 사라졌다. 클링조어는 찾지도 않을 때 갑자기 만나는 낡은 그림들을 몹시 사랑했다. 그런 프레스코화를 사랑하고, 이렇게 아름다운 작품들이 먼지와 흙으로 되돌아가는 걸 사랑했다.

다시 나무들, 포도나무, 뜨거운 도로가 눈부셨다. 다시 구부러진 길. 이어서 목적지. 기대하지도 않는데 갑작스럽게 나타난 어두운 빛깔의 대문, 붉은 돌로 지어진 크고 높은 교회는 자의식을 지니고 즐겁게 하늘로 솟아 있고, 태양과 먼지와 평화로 채워진 광장, 밟으면 부서지는 붉게 타버린 잔디밭, 날카로운 벽들에 반사되는 정오의 빛, 기둥 하나와 그 위에 햇빛 때문에 제대로 보이지도 않는 흉상 하나, 푸른색 무한 위에 펼쳐진 넓은 광장을 둘러싼 돌난간. 그 뒤에 카레노 마을이 있었다. 아주 오래된, 비좁고 어두운 사라센풍의 마을, 빛바랜 갈색 기와 아래 어두운 돌 동굴들, 짓누르는 꿈처럼 좁고 어둠으로 가득한 골목길들, 하얀 햇빛 속에 갑자기 나타나는 작은 광장들, 아프리카와 나가사키, 그 위는 숲, 그 아래는 푸른색 낭떠러지, 저 하늘엔 희고 기름진 배부른 구름들.

"참 웃기는 일이." 클링조어가 말했다. "이 세상에서 뭔가 좀 알게 되기까지 얼마나 오래 걸리는지! 여러 해 전 언젠가 나는 아시아에 갔거든, 밤에 급행열차를 타고 여기를 지나쳐 6킬로미터 또는 10킬로미터를 달렸는데, 아무것도 몰랐어. 아시아에 갔는데, 당시엔 그게 꼭 필요한 일이었어. 하지만 내가 거기서 찾아낸 모든 걸 오늘 여기서도 다시 보네. 원시림, 더위, 무신경하고 아름다운 이방인들, 태양, 성소(聖所)들을 말이지. 하루 안에 세 개 대륙을 방문하는 법을 배우기까지 그렇게 오래 걸려. 여기 세 개 대륙이 있다. 환영해, 인디아! 환영해, 아프리카! 환영해, 일본!"

친구들은 이곳 산꼭대기 마을에 거주하는 젊은 여성 한 명을 알고 있었고, 클링조어는 낯모르는 여인을 방문하는 게 몹시 기뻤다. 그는 그녀를 '산의 여왕'이라 불렀다. 어린 시절 읽은 책들에 나오는 신비로운 동양 이야기에 그런 제목이 붙어 있었다.

일행은 기대에 넘쳐 하늘색 그림자 골짜기의 골목길을 통해 걸었다. 사람 하나, 외침 하나, 수탉 한 마리, 개 한 마리 없었다. 하지만 클링조어는 반쯤 그림자 속의 창틀에 소리 없이 서 있는 한 형체를 보았다. 검은 머리를 붉은 머릿수건으로 감싼 검은 눈의 아름다운 소녀였다. 조용히 이방인들을 바라보던 그녀의 눈길이 그의 눈과 마주쳤다. 한참 동안 그들, 남자와 소녀는 서로의 눈을 들여다보았다. 낯선 두 세계가 한순간 온전히 진지하게 서로를 가까이 바라보았다. 그런 다음 둘은 짧고 친근한 미소로 이성(異性) 사이의 영원한 인사를 나누고, 달콤하고 탐욕스러운 오래된 적대감도 나누었다. 집 모퉁이를 도는 한 걸음과 더불어 낯선 사내는 사라지고, 수많은 그림 중의 그림, 수많은 꿈 중의 꿈이 소녀의 궤짝에 간직되었다. 결코 만족을 모르는 클링조어의 마음에 작은 가시가 박히고, 그는 한순간 망설이며 돌아갈까도 생각했다. 아고스토가 그를 부르고, 에르실리아가 노래하기 시작하면서 그늘 벽이 사라졌다. 노란 궁전 두 채가 있는 작고 날카로운 광장 하나가 마법에 걸린 정오에 고요하고 눈부시게 자리 잡았는데, 좁은 돌 발코니들, 닫힌 가게들이 오페라의 제1막을 위한 화려한 무대 같았다.

"다마스쿠스에 도착." 의사가 외쳤다. "여인 중에 진주인 파트메여, 어디 사는가?"

놀랍게도 작은 궁전에서 답이 나왔다. 닫힌 발코니 문 뒤쪽 서늘한 어둠에서 이상한 소리 하나, 이어서 또 하나, 열 번이나 같은 소리, 이어서 옥타브까지 넣어 열 번 더―조율된 피아노 소리, 완벽한 음조로 노래하는 피아노 소리가 다마스쿠스 한복판에서 울려 나왔다.

분명 여기였다. 그녀가 여기 산다. 하지만 이 집엔 문이 없는 듯하고, 오직 장밋빛 누런 담에 발코니 두 개가 있을 뿐인데, 발코니 위 합각머리 장식에 낡은 그림 하나가 있었다. 푸른색과 빨간색 꽃과 앵무새 한 마리가 그려져 있었다. 그려진 문 하나가 여기 있어야만 하는 건데. 그 문을 세 번 두들기며 솔로몬의 열쇠˚를 말하면, 그려진 문이 열리며 페르시아 오일 향기가 방랑자를 맞아들이고, 저 높이 옥좌에 베일 쓴 산의 여왕이 앉아 있어야 하는 건데. 여왕의 발치 계단들에는 여자 노예들이 무릎을 꿇고 있고, 그려진 앵무새가 빙빙 원을 그리며 여주인의 어깨 위로 날아가고.

그들은 옆 골목에서 아주 작은 문을 찾아냈다. 격렬한 종소리가 울리고 악마 같은 기계장치가 고약한 소리를 내더니, 사다리처럼 좁고 가파른 계단이 나타났다. 저 피아노를 이 집에 어떻게 들여놓은 건지 알 수가 없네. 창문으로? 지붕으로?

커다란 검은 개 한 마리가 무너지듯 달려오고, 그 뒤로 작은 금발 사자[또 다른 개]가 쫓아왔다. 큰 소음, 계단은 삐걱대고, 안쪽에서 피아노가 열한 번 같은 음을 노래했다. 장밋빛으로 칠한 방에서 부드럽고 달콤한 빛이 나오더니 문들이 활짝 열렸다. 앵무새가 있었나?

갑자기 산의 여왕이 서 있었다. 온통 빨간색 옷의 날씬하고 나긋나긋한 꽃봉오리, 팽팽하고 단단한, 타오르는 불꽃, 청춘의 초상이었다. 클링조어의 눈앞에서 백 가지 사랑스러운 모습들은 이리저리 흩날려 사라지고 새로운 모습이 빛을 내며 솟아났다. 그는 곧바로 자기가 그녀를 그리게 되리란 걸 알았다. 있는 그대로가 아니라 자기가 느낀 그녀의 광채를, 청춘,

• 원래는 중세 마법서의 제목. 여기서는 마법 주문.

빨강, 금발, 아마존 여인을. 그는 한 시간, 아마도 몇 시간 동안 그녀를 바라보리라. 그녀가 걷는 모습을 보고, 앉아 있는 걸 보고, 웃는 걸 보고, 어쩌면 춤추는 것도 보고, 어쩌면 노래하는 것도 들을 것이다. 이 하루는 왕관을 썼고, 이 하루는 그 의미를 찾아냈다. 여기 더해 무엇이 나타나든 그건 선물이자 잉여였다. 언제나 그랬다. 어떤 체험이든 딱 그것만 오지 않고, 언제나 새들이 먼저 날아오고, 언제나 심부름꾼과 전조들이 앞서 왔다. 저 문 아래 있던 아시아 어머니의 짐승 눈길, 창가에 검은 눈의 미인도 이것과 저것이었다.

일 초 동안 스치듯 그는 느꼈다. "내가 10년만, 그냥 10년만 더 젊다면 이 미인은 나를 차지할 텐데, 나를 사로잡고, 손가락으로 나를 휘두르련만! 아니, 넌 너무 젊어, 그대 귀여운 빨간 여왕, 너는 늙은 마법사 클링조어한텐 너무 젊지! 그는 네게 경탄하고, 너를 완전히 외워서 너의 그림을 그리겠지, 네 청춘의 노래를 영원히 기록할 거야, 하지만 너를 보려고 순례 여행을 하진 않을 거다, 사다리를 타고 너한테 올라오지 않을 거고, 너를 얻으려 살인하지도 않고, 너의 예쁜 발코니 앞으로 세레나데 악사들을 데려오지도 않을 거다. 아니, 그는 이 모든 걸 안 할걸, 늙은 양, 늙은 화가 클링조어는. 그는 너를 사랑하지 않을 거고 네게 눈길을 던지지 않을 거야,

저 아시아 여자, 너만큼이나 젊은 창가의 검은 눈의 미인에게로 눈길을 던질 거다. 그녀에게는 클링조어가 너무 늙지 않았어, 오직 너, 산의 여왕, 산의 붉은 꽃이여, 오직 너한테만 늙었다. 술패랭이꽃이여, 너한텐 그가 너무 늙었어. 작업으로 꽉 찬 낮과 붉은 포도주로 꽉 찬 저녁 사이에 클링조어가 퍼붓는 사랑만으론 너한테 충분치 못하지. 그럴수록 내 눈은 너를 더 잘 마실걸, 날씬한 둥근 로켓이여, 네가 내게서 꺼지고 난 다음에도 내 눈은 널 알고 있을걸."

그들은 홀 안으로 들어갔다. 홀의 높은 문들 위엔 바로크 양식의 거친 석고상들이 펄럭이듯 솟구쳤고, 방을 빙 두른 어두운 색깔 돌림띠에는 돌고래, 백마, 장밋빛 사랑의 동자(童子) 등의 동물들로 가득한 전설의 바다 그림이 그려졌다. 거대한 공간엔 의자 몇 개, 바닥에 분해된 피아노 부품들이 놓였을 뿐 아무것도 없었다. 유혹하는 문 두 개가 햇볕 내리쬐는 오페라 광장을 굽어보는 작은 발코니 두 개로 통했다. 모퉁이 저편으로 이웃 궁전의 발코니들이 자랑스럽게 튀어나와 있는데, 거기도 그림들이 그려졌고, 붉은색 뚱뚱한 추기경 한 명이 금붕어처럼 햇빛 속에서 헤엄치고 있었다.

그들은 더 이상 나아가지 않았다. 홀에는 저장 식품들로 식탁이 차려졌고, 추억들의 열쇠인 북쪽에서 온 귀한 백포도주가 곁들여졌다. 피아노 조율사는 이미 사라졌고, 분해된 피아노는 침묵했다. 클링조어는 생각에 잠겨 훤히 드러난 현들의 내장을 바라보며 나직하게 뚜껑을 덮었다. 눈의 통증이 있었지만, 그의 마음에선 여름날이 노래하고, 사라센 어머니가 노래하고, 카레노의 꿈이 푸른색으로 부풀어 오르며 노래했다. 음식을 먹으며 잔과 잔을 부딪치고 밝고 즐겁게 이야기를 나누는데, 이 모든 것 뒤에서 그의 작업 도구가 일하고 있었다. 그의 눈길은 물고기를 둘러싼 물처럼 술패랭이꽃, 저 불의 꽃 [산의 여왕]을 둘러싸고 돌았으며, 두뇌 속엔 부지런한 연대기 기록자가 들어앉아 형태, 리듬, 동작 등을 정확하게 숫자 기둥에 새기듯 기록했다.

대화와 웃음소리가 빈 홀을 가득 채웠다. 의사는 영리하고도 선량하게 웃고, 에르실리아는 깊고도 친절하게, 아고스토는 강하게 지하 세계처럼, 여성 화가는 새처럼 가볍게 웃었다. 시인은 영리하게, 클링조어는 장난스럽게 말했고, 붉은 여왕은 관찰하면서 약간 수줍게 손님들 사이, 돌고래와 말들 사이로 이리저리 돌아다니다가 피아노 옆에 서 있기도 하고, 쿠션 위에 웅크리고 앉거나 빵을 자르고, 경험 없는 소녀의 손길로 손님들에게 포도주를 따라주었다. 서늘한 홀에 즐거움이 솟구치고, 검은색, 푸른색 눈들이 빛나고, 밝고 높은 발코니 문들 밖에선 눈부신 정오가 보초를 섰다.

귀한 백포도주가 환하게 잔들로 흘러 들어가며 단순한 식사와 아름다운 대비를 이루었다. 여왕 옷의 붉은 광채가 천장 높은 홀을 통해 밝게 흐르고, 모든 사내의 눈길이 환히 깨어나 그 광채를 따라다녔다. 그녀는 사라졌다가 다시 나타났는데, 초록색 가슴받이를 둘렀다. 다시 사라졌다가 이번에는 머리에 푸른 두건을 두르고 나타났다.

식사 후에 그들은 배부르고 지쳐서 즐겁게 숲으로 나가 풀과 이끼 위에 누웠다. 양산들은 빛을 내고, 밀짚모자 아래서 얼굴들이 벌겋게 작열하고, 여름 하늘은 빛나며 타올랐다. 산의 여왕은 초록색 풀 속에 붉은색으로 누웠는데, 그녀의 섬세한 목이 붉은 불꽃에서 환하게 솟아올랐고, 날씬한 발에는 굽 높은 구두가 만족스럽고 싱싱하게 자리 잡았다. 클링조어는 그녀 가까이서 그녀를 읽고 연구하면서 그녀로 자신을 가득 채웠다, 마치 소년 시절 산의 여왕에 대한 마법 이야기를 읽으며 그것으로 마음을 가득 채웠듯. 사람들은 쉬고 잠들고, 이야기를 나누고, 개미들과 싸우고, 뱀들이 내는 소리를 들었다 여기고, 가시 달린 밤송이가 여인들의 머리카락에 매달렸다. 그들은 이 시간과 잘 어울리는, 여기 없는 친구들을 생각했다. 클링조어의 친구이며 회전목마와 서커스의 화가인 잔인한 루이, 그의 환상적인 정신이 이 모임 위에서 떠돌았다.

낙원에서의 1년처럼 오후가 지나갔다. 작별할 때 많이들 웃었고, 클링조어는 모든 걸 마음속에 간직했다. 여왕, 숲, 궁전, 돌고래 홀, 두 마리 개, 앵무새를.

친구들과 함께 산을 내려오면서 드물게 자발적으로 일을 놔둔 날에만 느끼는, 즐겁고도 황홀한 변덕이 그를 엄습했다. 그는 에르실리아와 헤르만, 여성 화가와 손에 손을 맞잡고 햇빛 비치는 길을 춤추며 내려갔다. 노래를 부르고 농담과 말장난을 아이처럼 즐기면서 마음껏 웃었다. 남들보다 앞서 달려가서 그들을 놀라게 하려고 매복 장소에 몸을 숨겼다.

그들이 서둘러 내려갔건만 태양은 더 빨리 내려가서, 그들이 작은 광장에 이르렀을 때는 벌써 산 뒤로 넘어갔고, 아래 골짜기에 당도했을 때는 이미 저녁이었다. 길을 잘못 들어 너무 아래로 내려가는 바람에 배가 고프고 지쳐서 이날 저녁을 위해 짜둔 계획들을 포기해야만 했다. 코른을 거쳐 바렝고까지 걸어가 그곳 어촌 주점에서 생선 요리를 먹으려던 계획이었다.

"친애하는 여러분." 클링조어가 길가의 담 위에 올라앉아 말했다. "우리의 계획은 아름다웠지, 어부들의 식당이나 몬테도로의 훌륭한 저녁 식사라면 정말 감사할 거야. 하지만 그렇게 멀리는 못 가, 적어도 난 못 가. 나는 지치고 배도 고프니.

바로 다음번 그로토(Grotto)*까지밖엔 못 가겠어. 물론 멀진 않아. 포도주와 빵이 있을 테고, 그걸로 족해. 함께 갈 사람?"

모두 함께 갔다. 그로토는 금방 찾아냈다. 좁은 계단식 지형의 가파른 숲에 돌 벤치와 식탁들이 나무 그늘 속에 서 있었다. 주인은 바위에 굴을 파고 만든 저장고에서 서늘한 포도주를 내왔고, 빵도 있었다. 그들은 자리에 앉아 말없이 먹으며 마침내 앉게 된 것을 기뻐했다. 높은 나무둥치 뒤로 낮이 사라지고, 푸른 산은 검은색이 되고 붉은 도로는 흰색이 되었다. 저 아래쪽 밤의 도로로 자동차 달리는 소리가 들리고 개 한 마리가 짖었다. 하늘 여기저기에 별들이 나타나고 땅에선 불빛들이 나타났지만, 별빛과 불빛을 완전히 구분할 순 없었다.

클링조어는 행복한 마음으로 앉아 쉬면서 밤을 바라보고 천천히 검은 빵으로 속을 채우며 포도주가 든 푸르스름한 컵을 비웠다. 배가 부르자 그는 다시 떠들고 노래하며 박자에 맞추어 몸을 흔들고, 여자들과 장난치고 그들의 머리카락 내음을 맡았다. 포도주가 그에게 좋게 작용한 듯했다. 계속하자는 제안을 쉽사리 내놓으며 늙은 유혹자는 포도주를 마시고

* 원래는 자연적 또는 인공적인 동굴을 뜻한다. 다만 스위스의 이탈리아어 지역인 테신에서는 숲속에 자리 잡은 시골풍의 소박한 음식점을 가리킨다. 대개는 그 지역 요리가 나온다.

따르고 섬세하게 잔을 부딪치고 새 포도주를 내오게 했다. 푸르스름한 점토 컵들에서 천천히 무상함의 상징이 올라오고 오색 마법도 올라오더니, 세상을 변화시키며 별빛과 불빛을 물들였다.

그들은 세상과 밤의 심연 위에서 흔들리는 그네에 높이 앉아 있었다. 고향도 무게도 없는 황금 새장 속 새들은 별들을 향해 노래를 불렀다. 새들은 이국적인 노래를 부르며 취한 마음에서 밤 속으로, 하늘로, 숲으로, 마법에 걸린 의문스러운 만유(萬有) 속으로 환상을 내뿜었다. 하늘과 달에서, 나무와 산에서 답이 왔다. 괴테와 하피즈*가 거기 앉았고, 이집트와 그리스가 뜨거운 향기를 위로 올려 보냈으며, 모차르트가 미소 짓고, 후고 볼프**는 미친 밤에 피아노를 연주했다.

깜짝 놀라게 하는 소음과 더불어 불빛이 번득였다. 저 아래서 불 켜진 창문 백 개를 매단 기차 한 대가 땅의 심장부를 관통하며 산으로, 밤으로 달려갔고, 보이지 않는 교회의 종소리가 위쪽 하늘에서 울려왔다. 반달이 엿보면서 식탁 위로 올라와 어두운 포도주를 비추고, 이어서 한 여인의 입술과 눈을 어둠에서 드러내고는 미소 지으며 계속 올라가 별들을 향해 노래했다. 잔인한 루이의 유령이 벤치 하나 위에 고독하게 웅크리고 앉아 편지를 썼다.

밤의 왕이며 머리카락 속 높은 왕관인 클링조어는 돌 벤치에 기대앉아 세상의 춤을 지휘하며 박자를 정하고, 달더러 떠

- 페르시아의 신비 시인 하피즈(1325?~1389?).
- •• 오스트리아의 낭만주의 작곡가 후고 볼프(1860~1903)

오르라며 불러내고, 기차를 사라지게 만들었다. 기차는 하늘 가장자리 너머로 별자리가 사라지듯 떠나갔다. 산의 여왕은 어디 있나? 숲에서 피아노 소리가 울리지 않았나, 멀리서 불신에 찬 작은 사자[개]가 짖지 않았나? 그녀는 푸른색 두건을 쓰지 않았던가? 안녕, 낡은 세계야, 너, 무너지지 않게 조심해라! 저리로 가라, 검은 산아! 박자를 맞춰! 별들아, 너희는 〈너의 붉은 눈과 너의 푸른 입술!〉이라는 민요에서처럼 얼마나 푸르고 붉으냐.

그림 그리기는 아름답다. 그리기는 씩씩한 어린이에게 아름답고 사랑스러운 놀이다. 더 크고 육중하게 별들을 지휘하며 자기 피의 박자, 원래는 망막의 색채 영역들을 세상 속으로 들여보내고, 밤바람 속에 제 영혼의 떠오름을 진동시키는 일은 그것과는 다르다. 꺼져라, 검은 산아! 구름이 되어 페르시아로 흘러가 우간다 위에 비를 내려라! 셰익스피어의 유령이여, 너는 이리로 와서 우리에게 비를 주제로 너의 취한 어릿광대 노래를 불러다오, 비는 아무 날이나 오니까!

클링조어는 여인의 작은 손에 키스하고, 편안하게 숨 쉬는 여인의 가슴에 기댔다. 탁자 아래서 발 하나가 그의 발과 장난쳤다. 그는 누구 손이며 누구 발인지 알지 못한 채 자기 주변의 부드러움을 느끼고, 옛날 마법이 다시 나타난 것을 감사히 여겼다. 자기는 아직 젊다, 아직 끝과는 거리가 멀다, 아직은 광채와 유혹이 그에게서 나오고, 저 선량하고 수줍은 여인네들은 아직 그를 사랑하고, 그를 믿었다.

그는 더욱 높이 피어올랐다. 나직하게 노래하는 목소리로 이야기를 시작했다. 엄청난 서사시를, 사랑 이야기, 또는 남태평양 여행 이야기를, 거기서 그는 고갱과 로빈슨을 동반하고 앵무새 섬을 찾아내 행복의 섬 공화국을 건설했다. 천 마리 앵무새가 저녁 빛을 받아 얼마나 빛났던가, 그들의 푸른색 꼬리들은 초록색 물굽이에서 얼마나 빛났던가! 그가 자신의 공화국을 선포했을 때 앵무새들의 외침과 큰 원숭이들의 백 개 외침이 천둥처럼 그를 환영했다. 그는 흰색 카카두 앵무새에게 내각의 구성을 맡겼고, 불만 많은 코뿔새와는 묵직한 코코넛 잔에 든 야자술을 함께 마셨다. 오, 그때의 달이여, 행복한 밤들의 달이여, 갈대숲의 기둥 오두막 위에 뜬 달이여! 그녀 이름은 퀼 칼뤼아, 저 수줍은 갈색 공주, 그녀는 날씬하고 길쭉길쭉한 팔다리로 바나나 관목 숲을 걸으며 거대한 바나나 잎들의 즙 많은 지붕 아래서 꿀처럼 반짝이고, 부드러운 얼굴엔 노루 눈, 강하고 유연한 등엔 고양이 열정, 탄력 있는 뼈마디와 근육질 다리엔 고양이 도약이 들어 있었어. 퀼 칼뤼아, 아이이며 성스러운 동남아의 태고 광채, 아이의 무구함, 너는 천 일의 밤 동안 클링조어의 가슴에 기대 누웠지, 그런 밤은 하나하나가 새롭고, 하나하나가 모든 밤보다 더 친밀하고 사랑스러웠지. 오, 앵무새 섬 처녀들이 신 앞에서 춤추는 지령(地靈)•의 축제여!

섬 위로, 로빈슨과 클링조어 위로, 이야기와 청중 위로 흰 이마의 밤이 둥근 아치를 이루고, 나무들과 집들의 아래와 인간의 발아래서 산은 부드럽게 숨 쉬는 배와 가슴처럼 부풀어 오르고, 축축한 달은 야성적으로 말없이 춤추는 별들에 쫓겨, 하늘의 반구(半球) 너머로 서둘러 춤추며 넘어갔다. 별들이 연속으로 떠올라 낙원으로 가는 광채 나는 케이블카가 되었다. 태고 숲은 어머니처럼 어두워지고, 태고 세계의 진흙탕은 부패와 출산의 향기를 풍기고, 뱀들과 악어들이 기어갔고, 형상화의 물살이 가없이 쏟아져 나왔다.

"난 다시 그림을 그릴 거야." 클링조어가 말했다. "내일 벌써. 하지만 더는 이런 집이며 사람이며 나무를 그리지 않고 악어와 불가사리, 용과 보랏빛 뱀을 그리겠어. 모든 게 형성 중이고, 모두가 변하는 중이지. 인간이 되고 싶다는 동경으로

• 괴테의 《파우스트》에 등장하는 정령. 행성의 생명력, 행성 자체, 곧 지구를 나타낸다.

가득한, 별이 되고 싶다는 마음으로 가득한, 탄생과 부패가 가득한, 신과 죽음이 가득한 그림을."

그의 나직한 말들 사이로, 취하고 흔들린 시간 사이로, 에르실리아의 목소리가 깊고도 또렷하게 울렸다. 그녀는 〈아름다운 꽃다발(bel mazzo di fiori)〉이라는 이탈리아어 노래를 혼자 흥얼거렸는데, 그녀의 노래에서 평화가 울려 나왔기에, 클링조어는 그 노래가 마치 멀리 헤엄치는 섬에서 시간과 고독의 바다를 넘어온 소리인 것처럼 들렸다. 그는 빈 포도주 컵을 뒤집어엎고 더는 포도주를 따르지 않았다. 그는 경청했다. 한 아이가 노래했다. 한 어머니가 노래했다. 우리는 길 잃은 타락한 녀석, 세상의 진흙탕 속을 뒹군, 부랑자이며 쓸모없는 놈인가? 아니면 작고 멍청한 아이인가?

"에르실리아." 그가 존경심을 품고 말했다. "당신은 우리의 좋은 별이야."

나뭇가지와 뿌리들을 붙잡으며 그들은 산으로 이어지는 가파르고 어두운 숲을 통과해 집으로 가는 길을 찾아 나아갔다. 훤한 숲 가장자리에 이르렀고 이어서 들판으로 들어섰다. 옥수수밭 사이로 난 좁은 길이 밤과 귀환을 숨 쉬는데, 포도나무 대열에서 비스듬히 벗어난 달의 시선은 빛을 반사하는 옥수수 잎사귀에 머물렀다. 이젠 클링조어가 약간 쉰 목소리로 나직이 노래했다. 나직이 도이치어와 말레이어 가사를 넣기도 안 넣기도 하며 노래했다. 그는 막혀 있던 풍성함을 나직한 노래에 쏟아냈다. 저녁이면 갈색 담이 낮 동안 모아둔 빛을 쏟아내듯.

여기서 친구 한 명이 작별을 고하고, 저기서 또 한 사람이 포도 그늘 속 작은 길로 사라졌다. 모두가 제각기 갔다. 모두가 저 혼자서 집으로 가는 길을 찾아, 이 하늘 아래서 홀로. 한 여인이 클링조어에게 굿 나이트 키스를 하는데, 그녀의 입술이 그의 입술을 타는 듯 빨았다. 그들은 모두가 구르듯 사라지고, 녹아버리듯 사라졌다. 클링조어는 혼자서 자기 거처로 연결된 계단을 올라갈 때도 아직 노래하고 있었다. 신과 자기 자신을 찬양했다. 이태백을 찬양하고, 팜팜비오의 좋은 포도주를 찬양했다. 마치 우상처럼 그는 긍정의 구름 위에서 쉬었다.

"내면에서." 그는 노래했다. "나는 황금알 같아, 대성당의 둥근 지붕 같아, 사람들은 그 안에서 무릎 꿇고 기도하네, 벽에선 황금이 빛나고, 낡은 그림에선 주님이 피 흘린다. 성모님의 가슴도 피를 흘리네. 우리도 피를 흘려, 우리 다른 자들도, 길 잃은 우리도, 우리 별들과 혜성들도, 일곱 개와 열네 개 칼들이 우리의 행복한 가슴을 뚫고 지나간다. 나는 너를 사랑해, 금발과 검은 머리 여인아, 나는 모두를 사랑해, 블레셋 사람도, 너희는 나처럼 가련한 녀석들, 너희는 취한 클링조어처럼 가련한 아이들, 실패한 반신(半神)들이야. 어서 오라, 사랑하는 삶아! 어서 오라, 사랑하는 죽음아!"

클링조어가 에디트에게

여름 하늘에 뜬 친애하는 별이여!

당신은 내게 얼마나 선량하고 참되게 편지를 써 보냈는지, 당신의 사랑이 영원한 아픔처럼, 영원한 비난처럼 얼마나 고독하게 내게 외쳤는지. 하지만 당신이 나와 당신 자신에게 마음의 모든 감정을 고백한다면, 당신은 좋은 길에 있는 거요. 다만 그 어떤 감정이라도 하찮다거나 가치 없다고 부르진 마오! 모든 감정은 좋은 것, 아주 좋은 것이니, 미움도, 시샘도, 질투도, 잔인함도 말이오. 우린 다름 아니라 우리의 가련한, 아름다운, 훌륭한 감정을 먹고 살지요, 우리가 함부로 대한 모든 감정은 우리가 꺼버린 별이라오.

내가 지나를 사랑하는진 모르겠소. 나로선 매우 의심하지만. 그녀를 위해 어떤 희생도 하지 않을 거고, 난 내가 도대체 사랑이란 걸 할 수 있는지조차 모르니까. 나는 물론 다른 인간을 탐낼 수도, 다른 인간에게서 나 자신을 찾을 수도 있고, 메아리를 들을 수도, 거울을 원하며 즐거움을 구할 수도 있으니, 이 모든 게 사랑처럼 보일 수도 있겠지요.

당신과 나, 우리 두 사람은 같은 미로를 걷고 있소, 우리 감정들의 미로를. 이 고약한 세상에서 감정은 너무 잠깐 왔다가 가버리고, 우린 그에 대해 각자 자기 방식으로 고약한 세상에 복수를 하는 거지. 우린 꿈들의 포도주가 얼마나 붉고 달콤한 맛이 나는지 알고 있으니, 제각기 다른 이의 꿈들을 그대로 놓아두려는 게요.

삶을 믿으며, 내일이나 모레 인정하지 못할 걸음이라면 절대로 내딛지 않는, 선량하고 안전한 사람들만이 자신의 감정에 대해, 그리고 자기 행동의 결과가 가져오는 파장에 대해 명료함을 갖지요. 나는 그런 부류에 속할 행운을 갖지 못했으니, 내일을 믿지 못하고, 매일을 마지막 날로 여기는 사람처럼 느끼고 행동한다오.

친애하는 날씬한 여인이여, 나는 행운도 없이 내 생각들을 표현하려 하고 있소. 표현하고 보면 생각들은 언제나 죽어 있는데! 그것들을 살립시다! 나는 당신이 나를 이해한다는 걸,

당신 안의 무언가가 나와 같다는 걸 깊이 느끼고 감사한다오. 그것이 우리 생명의 책에 어떻게 기록될지, 우리 감정이 사랑인지, 관능인지, 고마움인지, 동정인지, 그게 모성적인지, 유치한지, 그런 건 모르오. 나는 모든 여인을 자주 간교한 늙은 탕아처럼, 자주 어린 소년처럼 바라보지요. 가장 순결한 여인이 내겐 자주 최고의 유혹, 가장 풍만한 유혹으로 여겨져요. 내가 사랑해도 되는 모든 게 아름답고 거룩하며, 모든 게 끝없이 좋아. 왜, 얼마나 오래, 어느 정도 등을 잴 순 없다오.

나는 당신만을 사랑하는 게 아니오, 당신은 그걸 알고 있지. 나는 지나만을 사랑하는 것도 아니야. 나는 내일과 모레 다른 그림들을 사랑할 거고, 다른 그림들을 그릴 거요. 내가 느낀 그 어떤 사랑도 후회하지 않을 거고, 내가 사랑 때문에 행한 그 어떤 지혜나 어리석음도 후회하지 않을 거요. 아마도 당신이 나와 비슷해서 나는 당신을 사랑하오. 다른 여인들은 그들이 나와 달라서 사랑하지.

밤이 깊었소, 달이 살루테산 위에 있네. 삶은 어떻게 웃고, 죽음은 어떻게 웃는지!

이 멍청한 편지를 불에 던져요, 그리고 불에 던져요.

그대의 클링조어도.

몰락의 음악

 클링조어가 좋아하는 달인 7월의 마지막 날이 왔고, 이태백의 축제 기간은 지나서 다시는 돌아오지 않을 참이었다. 해바라기들은 정원에서 푸른 하늘을 향해 황금색 외침을 올려보냈다. 이날 클링조어는 충실한 친구 두보와 함께 자기가 좋아하는 지역을 순례했다. 햇볕에 말라버린 교외, 높은 가로수 아래 먼지 나는 도로들, 호숫가 백사장에 붉은색과 오렌지색으로 칠해진 오두막들, 짐차와 배들이 모이는 선착장, 긴 보랏빛 벽들, 가난한 유색인들. 저녁 무렵 그는 교외 도시 변두리에서, 먼지 속에 앉아 [집시들의] 채색 천막들과 회전목마 수레를 그렸다. 나무도 거의 없이 볕에 그는 도로변 풀밭 위에 쪼그리고 앉아 강렬한 천막 색깔들에 붙잡혀 있었다. 천막 가장자리의 색바랜 연보라, 묵직한 거주용 마차의 즐거운 초록과 빨강, 그리고 푸른색과 흰색으로 칠해진 천막 받침대들에 깊이 몰입했다. 달콤하고 차가운 코발트[블루] 색에 사납고 격하게 카드뮴 색깔[황색 계열]을 휘저어 넣고는, 누런색과 초록색 하늘을 통과해 붉은 니스로 모호한 선들을 그었다. 한 시간만 더, 아니 더 짧아, 그럼 끝이다. 밤이 오고 내일 벌써 8월이 시작된다. 타오르는 8월, 그 많은 죽음의 공포와 불안을 그의 빛나는 잔에 섞어 넣는 시간. 낮들이 기울고 갈색으로 변하는 잎들 속엔 큰 낫[추수하는 죽음의 낫]을 이미 갈아 둔 죽음이 웃으며 숨어 있다. 카드뮴아, 날카롭게 울리고 외쳐라! 풍만한 붉은색아, 큰 소리로 자랑해라! 레몬 노랑아, 날카롭게 웃어라! 이리로 오라, 너 멀리 있는 짙푸른 산아! 나른한 잿빛 나무들아, 너희는 내 가슴으로 오라! 너희는 얼마나 피곤한가, 공손하고 겸손한 나뭇가지들을 축 늘어뜨렸네! 나 너희를 마신다, 달콤한 현상들아! 오래 견디며 죽지 않을 거라고 너희에게 거짓말한다, 가장 덧없는 내가, 너희 모두보다 더 죽음의 공포에 시달리는, 가장 믿을 수 없는, 가장 슬픈 사람인 내가. 7월은 다 타버렸고, 8월도 빨리 타겠지, 이슬 젖은 아침 누런 잎에서 갑자기 커다란 허깨비가 우리를 으스스 떨게 하겠지, 갑자기 11월이 숲을 쓸어 갈 거야. 커다란 허깨

비가 갑자기 웃음을 터뜨리고, 우리 가슴은 갑자기 부르르 떨고, 사랑스러운 장밋빛 살은 갑자기 우리 뼈에서 떨어져 나가고, 황무지에서 자칼이 울부짖고, 시신을 먹는 독수리들이 목쉰 소리로 저주받은 노래를 부를 거야. 대도시의 지긋지긋한 신문 하나가 내 사진을 싣고, 그 밑엔 이렇게 쓰여 있겠지. "탁월한 화가, 표현주의자, 위대한 색채파 화가가 이달 16일에 죽었다."

증오로 가득 차 그는 집시들의 초록색 거주용 마차 아래에 감청색 줄 하나를 그었다. 도로의 충격 방지 돌의 모서리를 쓰라린 마음으로 크롬 황색으로 칠했다. 남겨둔 흰 점을 깊은 절망감에서 주홍으로 채워, 색을 요구하는 흰색을 없애고, 지속성을 얻으려 피 흘리며 싸우고, 냉혹한 신을 향해 연초록과 연노랑으로 외쳐댔다. 신음하면서 무미건조한 잿빛에 푸른 색을 더 많이 섞어 넣고, 저녁 하늘을 더욱 친밀한 빛들로 불붙였다. 작은 팔레트는 조도가 가장 밝은, 섞이지 않은 순수한 색깔들로 가득했는데, 그것은 그의 위안이자 그의 탑, 병기창, 기도 책, 그가 못된 죽음을 향해 쏘아 보내는 대포였다. 심홍색은 죽음을 부정하고, 주홍은 부패를 비웃었다. 그의 병기창은 훌륭했으니, 작고 용감한 군대는 광채를 내뿜으며 어서 대포들을 쏘라고 소리쳐 알렸다. 아무 소용도 없었다. 아무리 쏘아도 헛일이었지만, 그래도 쏘는 건 좋았고, 행운과 위안이었으며, 아직은 삶, 아직은 승리였다.

두보는 그곳의 공장과 선착장 사이 마법 거처에 사는 한 친구를 방문하느라 떠났었다. 이제 그가 돌아오면서 아르메니아 출신 점성술사를 데려왔다.

그림을 끝낸 클링조어는 자신의 곁에서 두 사람의 얼굴이 보이자 깊이 안도의 숨을 내쉬었다. 두보의 선량한 금발과, 검은 수염과 흰 이를 드러내고 미소 짓는 마법사[점성술사]의 입술을 본 것이다. 그들과 함께 어두운 빛깔의 키 큰 그림자도 왔는데, 깊은 눈구멍 속에 멀리 물러난 눈을 지니고 있었다. 자네도 환영, 그림자여, 사랑스러운 친구여!

"자네 오늘이 어떤 날인지 아나?" 클링조어가 친구에게 물었다.

"7월의 마지막 날이지, 알고 있네."

"난 오늘치 별점을 쳤소." 아르메니아 사람이 말했다. "그리고 오늘 저녁에 뭔가가 일어날 걸 알았지. 토성이 불길한 자리에 있고 화성은 중립인데 목성이 지배하고 있소. 이태백, 당신은 7월생 아니오?"

"난 7월 2일에 태어났소이다."•

"그럴 거라 생각했지. 당신 별자리는 좀 엉켜 있소, 친구여, 당신 자신만이 그걸 해석할 수 있지. 터지기 직전의 구름처럼 풍성한 생산력이 당신을 둘러싸고 있는데, 당신의 별들은 이상한 배치를 보이지, 클링조어, 당신 자신이 그걸 느낄 텐데."

이태백[클링조어]은 자신의 도구들을 챙겼다. 그가 그림으로 붙잡은 세상엔 이미 빛이 꺼졌고, 누르스름한 초록색 하늘은 사라지고 푸른색 밝은 깃발도 어둠에 잠겼으며, 아름다운 노랑은 살해되어 시들어버렸다. 그는 배가 고프고 목이 말랐

• 헤세 자신이 당시 42세로, 1877년 7월 2일에 태어났다.

다. 목에 먼지가 잔뜩 꼈다.

"친구들." 그가 진심으로 말했다. "우리 오늘 저녁을 함께 보내기로 합시다. 우린 앞으로 더는 한데 모이지 않을 거요, 우리 넷 모두는 말이오. 별자리에서 읽은 건 아니지만 그냥 내 가슴에 그렇게 쓰여 있네. 나의 7월은 지나갔고, 그 마지막 시간들이 지금 어둡게 빛나는데, 저 깊은 곳에서 위대한 어머니가 부르고 있소. 세상은 이리도 아름다웠던 적이 없어, 내 그림도 이토록 아름다웠던 적이 없으니, 번개가 번쩍이고 몰락의 음악이 시작되었소. 우린 함께 노래할 거요, 이 달콤하고 두려운 음악을, 우린 여기 함께 머물며 포도주를 마시고 빵을 먹을 거야."

방금 덮개가 벗겨지고 손님 맞을 준비를 마친 회전목마 옆 몇 그루 나무 아래 탁자들이 놓이고, 발을 절뚝이는 하녀 하나가 이리저리 오가더니 그늘 속에 작은 주점 하나가 생겨났다. 그들은 여기 남아 탁자에 자리를 잡았다. 빵이 나오고 토기 잔에 포도주를 따르고, 나무 아래 등불이 빛나고, 그 위로 회전목마의 오르간 소리가 꽝꽝 울리기 시작했다. 오르간은 부술 듯 날카로운 음악을 격렬하게 밤 속으로 퍼뜨렸다.

"난 오늘 삼백 잔을 비울 거요."* 이태백이 말하고는 그림자와 잔을 부딪쳤다. "잘 오셨소, 그림자여, 단호한 주석 병정이여! 잘 오셨소, 친구들! 어서 오라, 전깃불, 아크등, 회전목마에 붙은 빛나는 금은박들아! 오, 재빠른 새 루이도 여기 있다면 좋으련만! 어쩌면 그는 우리보다 앞서 하늘로 날아갔을지도 모르지. 아니면 이 늙은 자칼이 내일 다시 돌아올지도 모르고, 그러고는 우리를 찾아내지 못하면 웃으며 아크등과 깃대들을 우리 무덤 위에 꽂을 테지."

마법사가 조용히 저쪽으로 갔다가, 붉은 입술 사이로 흰 이를 드러낸 즐거운 미소를 지으며 새로운 포도주를 들고 돌아왔다.

"우울증은." 그는 클링조어에게 눈길을 던진 채로 말했다. "꼭 지니고 다닐 필요가 없다오. 아주 쉬워요―한 시간이면 충분하지, 이를 앙다물고 한 시간을, 짧고도 집중된 한 시간을 보내고 나면 우울증을 영원히 떼어버릴 수 있소."

클링조어는 언젠가 빛나는 시간에 우울증을 짓눌러 죽여버린 그 입술을, 그 밝게 빛나는 치아를 주의 깊게 바라보았다. 이 점성술사에게 가능했던 일이 자기에게도 가능할까? 두려움 없는 삶, 우울증 없는 삶이라는 먼 정원으로 잠깐 달콤한 눈길을 던졌다! 이런 정원들이 자기한테는 가닿지 않는 것임

- 이태백의 시 〈장진주〉에서 인용. "술을 한 번 마시면 삼백 잔은 되어야지."

을 그는 알고 있었다. 자기에겐 다른 운명이 주어졌고, 토성은 자기를 다른 눈길로 바라보고, 신은 그의 현들로는 다른 노래를 연주하려 한다는 걸 말이다.

"누구든 저마다의 별들이 있소." 클링조어가 천천히 말했다. "누구나 저마다의 믿음이 있고. 난 한 가지를 알지, 몰락을. 우린 마차를 타고 심연 위로 달리는데, 말들이 겁을 먹었소. 우린 몰락하는 중이야, 우리 모두, 우린 죽어야지, 다시 태어나야 하고, 우리에게 큰 변화가 닥쳐왔소. 어디나 같아. 큰 전쟁, 예술에서도 큰 변화, 서방국가들의 거대한 붕괴.• 우리 경우에도 옛날 유럽에서 좋던, 우리 자신의 것이던 모든 게 죽었지. 우리의 아름다운 이성은 망상이 되었고, 우리 돈은 휴지 조각이 되었으며, 우리 기계는 오로지 쏘고 폭발시킬 줄만 알고, 우리 예술은 자살이오. 우린 몰락하는 거야, 친구들, 그렇게 우리 운명이 정해졌다네. 청나라 음조에 맞춰진 거지."

아르메니아 사람[점성술사, 마법사]이 포도주를 따랐다.

"좋으실 대로." 그가 말했다. "그렇다고도, 아니라고도 할 수 있으니, 그건 그냥 아이 장난일 뿐. 몰락이란 존재하지 않

• 제1차 세계대전이 끝날 때(1918) 러시아 제국과 오스트리아 제국이 붕괴했다. 그 무렵 표현주의와 다다이즘 등 새로운 현대 예술이 나타났다.

는 거요. 몰락[하강]이나 상승이 있으려면 아래와 위가 있어야지. 하지만 아래와 위란 없소, 그런 건 착각의 고향인 인간의 뇌에만 살고 있지, 대립이란 모조리 착각이오. 희고 검은 건 착각, 죽음과 삶도 착각, 좋고 나쁨도 착각. 그건 한 시간의 일이지, 이를 앙다물고 작열하는 한 시간의 일, 그러고 나면 인간은 착각의 왕국을 극복하는 거요."

클링조어는 그의 좋은 목소리에 귀를 기울였다.

"난 우리 이야기를 하는 거요." 클링조어가 대답했다. "그러니까 2000년 동안 세계의 두뇌라고 믿었던 우리의 낡은 유럽 말이지. 그게 몰락하는 거야. 내가 당신을 모른다고 생각하는가, 마법사 양반? 당신은 동양에서 온[•] 심부름꾼이지, 그러니까 나한테로도 온 사람이야, 어쩌면 스파이, 어쩌면 변장한 장군인 거지. 당신은 여기 있는 거지, 여기서 종말이 시작되고 있으니까, 당신이 여기서 몰락을 감지했으니까. 하지만 우린 기꺼이 몰락한다오, 우린 기꺼이 죽을 거고, 자신을 방어하지도 않을 거요."

"이렇게 말할 수도 있지, 우린 기꺼이 태어날 거라고." 아시아[아르메니아] 사람이 웃었다. "당신한텐 몰락, 내겐 어쩌면

• 아르메니아는 아시아에 속한다.

탄생인데, 둘 다 착각이지. 땅이 하늘 아래 확고히 서 있는 원반이라고 믿는 인간은 시작과 종말을 보고 또 믿지. 그리고 모두가, 거의 모든 사람이 확고한 원반을 믿고 있어! 별들 자체는 올라감이나 내려감을 알지 못하는데 말이야."

"별들은 지지 않았나?" 두보가 외쳤다.

"우리한텐, 우리 눈엔 그렇지."

그는 잔들을 가득 채우고 거듭 따르고, 그렇게 봉사하면서 미소도 지었다. 또한 빈 술 항아리를 들고 갔다가 새로 포도주를 담아서 들고 왔다. 회전목마 음악이 힘찬 소리를 내질렀다.

"저쪽으로 가보세, 아주 아름다운데." 두보의 청에 그들 모두 칠해진 가로 막대 옆으로 가 서서, 회전목마가 금은박과 거울의 날카로운 광채를 내며 빙빙 도는 것과 백 명의 아이들이 열망의 눈길로 그 광채에 매달려 있는 것을 보았다. 클링조어는 한순간 웃음을 터뜨리며, 빙빙 도는 이 기계와 기계 음악, 이렇듯 날카롭고 야성적인 모습들과 색깔, 거울, 미친 듯한 장식 기둥들이 지닌 원시성과 흑인 특성을 깊이 느꼈다. 이 모든 건 의료 주술사와 무당의 요소, 마법과 태곳적 민중 유혹의 요소를 지녔다. 거칠고 사나운 이 모든 광채는 근본적으로 낚시질에서 미끼로 쓰는 함석 숟가락의 흔들리는 광채로서, 민물 꼬치고기는 그걸 작은 물고기라 여기고 덤벼들었

다가 낚시에 걸려드는 것이다.

모든 아이는 회전목마를 타야 한다. 두보는 모든 아이에게 돈을 주었고, 그림자는 모든 아이를 초대했다. 아이들은 선물을 주는 사람들을 떼 지어 둘러싸고 매달려 간청하고 감사를 표했다. 아이들은 모두 열두 살짜리 예쁜 금발 소녀에게 그 돈을 다시 주었고, 그녀는 바퀴마다 계속 타고 돌았다. 광채 속에서 짧은 스커트가 아름다운 아이 다리를 감싸며 펄럭였다. 한 소년이 울고, 소년들은 서로 치고받고 싸웠다. 심벌즈가 오르간을 채찍질하며 폭발음을 내고, 박자에 불길을 퍼붓고, 포도주에 아편을 부었다. 네 사람은 이들 패거리 속에 오래 서 있었다.

그런 다음 그들은 다시 나무 아래 앉았고, 아르메니아 사람이 포도주를 잔에 부으며 몰락을 부추기고 환하게 미소 지었다.

"오늘 우린 삼백 잔을 비울 거야." 클링조어가 노래했다. 별에 그은 그의 정수리가 누런색으로 번쩍이고, 그의 웃음소리는 날카롭게 울렸다. 경련하는 그의 가슴 위에 자리 잡은 거인인 우울증이 무릎을 꿇었다. 그는 잔을 부딪치며 몰락과 죽음에의 의지, 청나라 음조를 찬양했다. 회전목마 음악이 난폭하게 울렸다. 하지만 마음속엔 두려움이 자리 잡았는데, 마음은 죽으려 하지 않고 죽음을 증오했다.

갑자기 날카롭고 열에 들뜬, 또 다른 음악이 집 안에서 밤을 향해 울려 나왔다. 지층 벽난로의 돌림띠 위에 포도주병들이 가지런히 세워져 있는데, 그 벽난로 옆에서 기계 피아노 소리가 우렁차게 울려 사납게 비난하는 기관총처럼 발사되었다. 맞지 않는 가락으로 슬픔이 소리치고, 리듬은 묵직한 증기 롤러 돌아가듯 신음하는 불협화음을 쏟아냈다. 거기엔 민중이, 빛이, 소음이 있었다. 젊은이들과 아가씨들이 춤추고, 절뚝이는 하녀도, 두보도 춤을 추었다. 두보가 어린 금발 소녀와 춤을 추는데, 클링조어는 소녀의 가늘고 아름다운 다리를 감싼 짧은 여름 원피스가 펄럭이는 걸 지켜보았고, 두보의 얼굴은 사랑에 가득 차 친절하게 미소 지었다. 마당에서 몰려들어온 다른 사람들이 벽난로 가장자리 음악 바로 곁에, 소음 한가운데 앉아 있었다. 클링조어는 음을 보고 색채를 들었다. 마법사는 벽난로에서 포도주병들을 가져다가 열어서 잔을 채웠다. 그의 미소가 영리한 갈색 얼굴 위로 환하게 드러났다. 천장 낮은 홀에서 음악이 무시무시하게 쿵쾅댔다. 아르메니아 사람은 사원 도둑이 제단의 물건들을 하나씩 빼내듯, 벽난로 위에 놓인 오래된 포도주병 대열에 천천히 균열을 만들었다.

"자넨 대단한 예술가야." 점성술사가 클링조어의 잔을 채우면서 속삭였다. "이 시대 가장 위대한 예술가의 한 사람이지. 자네가 스스로 이태백이라 칭하는 건 맞는 말이야, 하지만 이태,* 자넨 쫓기는, 고통받고 두려워하는 가련한 인간이지. 자넨 몰락의 음악을 시작했어, 자네 스스로 불붙여 타오르는 집에 앉아 노래하는 거지, 그런데도 이태백, 자네가 매일 삼백 잔을 비우며 달과 술잔을 부딪친다 해도 자네 기분은 좋아지

---

* '이태백(Li Tai Pe)'의 앞 두 글자만 읽은 것.

지 않을 거야. 자넨 기분이 좋지 못할걸, 아주 슬픈 마음일 거야, 몰락의 노래꾼아, 그만두지 않겠나? 자넨 살고 싶지 않은가? 계속하고 싶지 않은가?"

클링조어는 술을 마시며 약간 쉰 목소리로 속삭여 대꾸했다. "인간이 운명을 바꿀 수 있나? 의지의 자유란 게 있나? 점성가여, 그대는 내 별들을 다르게 유도할 수 있겠나?"

"난 유도하는 게 아니라 그냥 해석할 수 있을 뿐이야. 자네 자신만이 자네를 유도할 수 있지. 의지의 자유는 있네. 그게 마법이라 불리는 거지."

"내가 예술을 할 수 있는데, 뭐 하러 마법을 하겠나? 예술도 똑같이 좋지 않은가?"

"모든 게 좋아. 안 좋은 게 없어. 마법은 착각을 중지시켜. 우리가 시간이라 부르는 가장 고약한 착각을 중지시키지."

"예술도 그러지 않나?"

"예술은 그런 시도를 하지. 자네가 그 가방에 집어넣은 7월의 그림은 자네에게 충분한가? 자넨 시간을 중지시켰나? 아무 두려움 없이 가을을, 겨울을 맞이할 수 있나?"

클링조어는 한숨을 쉬고 침묵했다. 그는 침묵하며 마시고, 마법사는 침묵하며 그의 컵을 가득 채웠다. 속박 풀린 피아노 기계는 미친 듯 울부짖고, 춤추는 사람들 사이에선 두보의 얼굴이 천사처럼 떠올랐다. 7월이 끝나가고 있었다.

클링조어는 탁자 위의 빈 포도주병들을 가지고 장난치며 가지런히 원으로 배치했다.

"이건 우리 대포야." 그가 외쳤다. "이 대포들을 쏘아서 우린 시간을, 죽음을, 불행을 망가뜨리지. 난 죽음을 향해 색깔을 발사했어, 타오르는 녹색으로, 날카로운 주홍으로, 달콤한 제라늄 갈색으로. 난 자주 놈의 두개골을 맞혔어, 흰색과 검정을 놈의 눈 안에 박아 넣었지. 자주 녀석을 도망치게 했어. 앞으로도 자주 녀석을 맞히고, 정복하고, 놈을 책략으로 이길 거야. 저 아르메니아 사람을 봐, 다시 오래된 포도주병을 땄어, 붙잡아둔 옛날 여름의 태양*이 이제 우리 핏속으로 흘러가네. 아르메니아 사람도 우리가 죽음을 쏘는 걸 돕고 있어, 아르메니아 사람은 죽음에 대해 다른 무기는 알지 못하니 말이야."

마법사는 빵을 뜯어서 먹었다.

"난 죽음에 맞서는 무기가 필요 없어, 죽음이란 건 없으니까. 한 가지만 있지, 죽음에 대한 두려움이 있을 뿐이야. 그건 치료할 수 있어, 그에 맞서는 무기가 있거든. 두려움을 극복하는 건 한 시간이면 되는 일이야. 하지만 이태백은 원치 않

• 포도주는 흔히 '붙잡아둔 태양(die gefangene Sonne)'이라 불린다.

아. 그는 죽음을 사랑하거든, 죽음에 대한 공포를 사랑하고, 자신의 우울증을, 비참을 사랑해, 오직 두려움만이 그에게 자기가 무얼 할 수 있으며, 우리가 어째서 자기를 사랑하는지 가르쳐주었으니 말이야."

그는 조롱하듯 잔을 부딪치며 치아를 번득이고, 그의 얼굴은 점점 더 밝아지고, 슬픔은 그와는 거리가 멀어 보였다. 아무도 대답하지 않았다. 클링조어는 죽음을 향해 포도주 대포를 쏘았다. 사람들과 포도주와 춤곡으로 가득 부풀어 오른 홀의 열린 문들 앞에 죽음이 위대하게 서 있었다. 문들 앞에 죽음이 위대하게 서서 검은 아카시아 나무를 가볍게 흔들며, 정원에서 시커멓게 매복하고 있었다. 밖은 모든 게 죽음으로 가득하고, 죽음으로 충만했다. 오직 이곳, 음악 소리가 울리는 비좁은 홀에서만 아직 싸움이 이루어지는 중이고, 창문을 통해 가까이서 울부짖는 검은 포위자에 맞서 장엄하고 용감하게 싸웠다.

마법사는 식탁 너머로 비웃듯 바라보고, 잔들이 가득 차도록 술을 부었다. 클링조어는 이미 많은 포도주잔을 깨뜨렸지만, 마법사가 그에게 새로운 잔을 주었다. 아르메니아 사람도 이미 많이 마셨지만, 클링조어도 그도 똑바르게 앉아 있었다.

"마시자, 이태백." 그가 나직이 비웃었다. "자넨 죽음을 사랑하지, 자넨 기꺼이 몰락하려 하고, 기꺼이 죽으려 해. 자네가 그렇게 말하지 않았던가, 아니면 내가 착각했던가—아니면 자넨 결국은 나와 자네 자신을 속인 건가? 우리 마시자, 이태백, 몰락하자고!"

클링조어의 마음에서 분노가 솟구쳤다. 그는 일어섰다. 예리한 머리를 지닌 늙은 새매는 높이 똑바른 자세로 서서 포도주에 침을 뱉고 가득 찬 자신의 잔을 바닥에 내동댕이쳤다. 붉은 포도주가 홀 안 멀리까지 튀고, 친구들은 창백해졌으며, 낯선 사람들은 웃었다.

하지만 마법사는 말없이 미소 지으며 새로운 잔을 가져다가, 미소 지으며 잔을 가득 채우고, 미소 지으며 이태에게 내밀었다. 그러자 이태도 미소 지었다. 그도 미소 지은 것이다. 그의 일그러진 얼굴 위로 달빛처럼 미소가 지나갔다.

"아이들아." 그가 외쳤다. "이 낯선 사람더러 말하라고 하자! 이 늙은 여우는 아는 게 많아, 깊은 은신처에서 나왔어. 그는 아는 게 많아, 하지만 우릴 이해하진 못하지. 그는 너무 늙어서 아이들을 이해하지 못해. 그리고 너무 현명해서 바보들을 이해하지 못하고. 우리, 우리들 죽어가는 자들은 죽음에 대해 그보다 더 많이 알아. 우린 인간이고 별이 아니야. 여기 포도주가 가득 담긴 이 작고 푸른 잔을 쥔 내 손을 봐! 이 손은 많은 붓을 잡고 그림을 그렸어, 세계의 새로운 부분들을 어둠에서 떼어내 사람들의 눈앞에 내놓았지. 이 갈색 손은 수많은 여인의 턱을 쓰다듬고 많은 아가씨를 유혹했으며, 키스도 많이 받고, 눈물방울이 이 손으로 떨어지고, 두보가 이 손을 위해 시 한 편을 썼지. 친구들아, 이 사랑스러운 손은 곧 흙과 구더기에 둘러싸일 거야, 너희 중 누구도 이 손을 더는 만지지 못해. 물론, 바로 그래서 난 이 손을 사랑해. 나는 내 손을 사랑하고, 내 눈을 사랑하고, 하얗고 부드러운 복부를 사랑하지, 나는 이들을 연민과 조롱과 큰 애착으로 사랑해, 이들 모두 곧 시들어 썩을 테니까. 그림자여, 너 어두운 친구, 안데르센 무덤 위에 놓인 늙은 주석 병정아, 자네한테도 그런 일이 벌어질 거라고, 이 친구야! 나하고 잔을 부딪치자, 우리의 사랑스러운 팔다리와 내장들이 살기를!"

그들은 잔을 부딪치고 그림자는 깊은 눈구덩이에서 어두운 미소를 지었고—갑자기 무언가가 홀을 통해 바람처럼, 유령처럼 지나갔다. 모르는 사이 음악은 꺼진 듯 멈추고, 춤꾼들이 빠져나가 밤에 삼켜지고, 불빛은 절반이나 꺼져 있었다. 클링조어는 시커먼 문들을 바라보았다. 그 바깥에 죽음이 서 있었다. 그는 죽음이 서 있는 걸 보았다. 그리고 죽음의 냄새를 맡았다. 흙먼지 길에 떨어지는 빗방울처럼 죽음은 냄새를 풍겼다.

  그 순간 이태백은 술잔을 멀리 밀어내고 의자를 밀어붙이며 천천히 홀을 벗어나 어두운 바깥으로 나가 어둠 속에서 머리 위로 번개가 치는데 홀로 계속 걸었다. 그의 가슴속에선 심장이 무덤 위에 놓인 돌처럼 무거웠다.

8월의 저녁

 저무는 저녁 클링조어는—마누초와 벨리아 근처 햇빛과 바람 속에서 오후 내내 그림을 그렸으니—몹시 지친 채로 숲에서 벨리아를 거쳐 잠자는 작은 마을 칸베토로 왔다. 다행히도 주막집의 늙은 여주인을 불러낼 수 있었고, 그녀는 토기 잔 가득 포도주를 담아 그에게 가져다주었다. 그는 문 앞의 호두나무 그루터기에 주저앉아 배낭을 풀어 치즈 한 조각과 자두 몇 개를 찾아냈고, 그렇게 저녁 식사를 했다. 허리 굽고 이도 빠진 머리 허연 노파는 그의 옆에 앉아 목주름을 흔들면서 고요해진 눈으로 자기 동네와 가족의 삶에 대해, 전쟁과 물가고, 들판의 상태며 포도주와 우유에 대해, 자기들이 맛본 것과, 죽은 손자들과 이민 간 아들들에 대해 이야기를 했다.

평범한 농부들의 일생과 별자리들이 또렷하고도 친근하게 펼쳐졌다. 가난한 아름다움으로 거칠고, 기쁨과 근심이 가득하며, 두려움과 삶으로 꽉 찬 모습. 클링조어는 먹고 마시고 쉬면서 듣고 질문했다. 아이들과 가축에 대해, 목사와 주교에 대해 질문했다. 보잘것없는 포도주를 친절하게 찬양하며 마지막 자두를 내주고 손도 내주고, 행복한 밤을 빌어주고는 배낭을 짊어지고 지팡이를 짚고서 천천히 밤의 처소를 향해 성긴 숲을 올라갔다.

늦은 황금의 시간, 낮의 빛이 아직 사방에 남아 있었지만, 달은 벌써 옅은 빛을 드러내고 박쥐들이 초록빛으로 번득이는 대기 속을 날아다니기 시작했다. 숲 가장자리는 마지막 빛 속에 부드럽게 서 있고, 밝은색 밤나무 둥치들이 검은 그림자를 배경으로 섰는데, 누런 오두막이 낮에 흡수한 빛을 토해내며 누런 토파즈처럼 부드럽게 빛났다. 장밋빛과 보랏빛 작은 길들이 초지와 포도들과 숲을 통과하는데, 벌써 누레진 아카시아 가지가 여기저기 하나씩 보이고, 우단처럼 푸른 산들 너머 서쪽 하늘은 황금색과 초록색이었다.

오, 다시는 돌아오지 않을 한여름 날, 마법에 걸린 마지막 십오 분 동안 더 일할 수 있다면! 지금 모든 건 얼마나 이름 없이 아름답고, 얼마나 고요하고, 좋고, 너그럽게 베풀며 얼마나 신으로 가득 차 있나!

  클링조어는 서늘한 풀에 주저앉아 기계적으로 연필을 찾아 쥐다가 미소 지으며 도로 손을 아래로 떨어뜨렸다. 죽을 만큼 고단했다. 손가락들이 말라버린 풀을, 말라서 물러진 흙을 더듬었다. 이제 얼마나 더하면 흥분시키는 이런 놀이가 끝나려나! 이제 얼마나 남았나, 그러면 손과 입과 눈이 온통 흙으로 채워지려나! 최근에 두보가 그에게 시 한 편을 보내왔다. 그는 그것을 기억해 천천히 혼자 읊었다.

  내 생명의 나무에서

  이파리 하나씩 떨어지네,

  오, 현기증 나는 세계여,

  넌 얼마나 물리게 하나,

  얼마나 물리고 지치게 하나,

  얼마나 취하게 하나!

  오늘 아직 빛나는 것

  머지않아 스러진다.

  머지않아 바람이 덜컥대며

  내 갈색 무덤 위로 불어가고,

  작은 아이 위로

어머니가 몸을 굽히겠지.

난 어머니 눈을 다시 보고 싶어,

그녀의 눈길은 나의 별,

다른 모든 것은 가고 시들어도 좋아,

모두가 죽고, 모두 기꺼이 죽지.

오직 영원한 어머니만 남지,

우린 어머니에게서 왔고,

어머니의 장난치는 손가락이

허망한 대기에 우리 이름을 쓴다.

  그게 좋구나. 클링조어는 자신의 열 개 삶 중에 아직 몇 개나 더 가졌을까? 셋? 둘? 하나보단 많았다. 아직은 보통의 씩씩한, 만인의 삶, 시민의 삶보다는 더 가졌다. 그리고 그는 많은 일을 했고, 많이 보고, 많은 종이와 캔버스에 그림을 그렸고, 많은 마음을 사랑과 증오로 자극하고, 예술과 삶에서 여러 불쾌함과 신선한 바람을 세상으로 가져왔다. 많은 여인을 사랑했고, 많은 전통과 거룩함을 파괴했으며 많은 새로운 일을 감행했다. 가득 찬 많은 잔을 비웠고, 많은 낮과 별밤을 숨쉬고 수많은 태양 아래 그을리고 많은 물에서 수영했다. 이제 그는 여기 앉아 있다, 이탈리아 또는 인디아 또는 중국에. 여름바람은 변덕스럽게 밤나무 우듬지에 부딪히고, 세상은 좋고도 충만했다. 그가 그림을 백 장 더 그리든, 아니면 열 장을 더 그리든, 그가 스무 번의 여름을 더 살든 아니면 한 여름만 더 살든 마찬가지였다. 그는 지쳤다, 지쳐버렸다. 모두가 죽으며, 모두가 기꺼이 죽는다. 씩씩한 두보!

집으로 갈 시간이었다. 그는 비틀거리며 방으로 들어가 발코니 문을 통해 불어오는 바람을 맞아들이겠지. 불을 켜고 스케치들을 풀어놓겠지. 크롬 황색 잔뜩과 중국 청색을 쓴 숲 내부 스케치는 아마도 좋을 테니, 언젠가는 그림 하나가 나오겠지. 그렇다면, 이제 집에 갈 시간이다.

그런데도 그는 앉아 있었다. 머리카락에 바람을 맞고, 부풀어 오른, 더러워진 리넨 웃옷에도 바람을 맞으며, 저녁이 된 가슴엔 미소와 아픔을 지닌 채로. 약하고 느슨하게 바람이 불어오고 빛이 꺼져가는 하늘에서 박쥐들이 부드럽게 소리 없이 움직였다. 모두가 죽고, 모두 기꺼이 죽지. 오직 영원한 어머니만 남지.

그는 여기서 잘 수도 있다, 적어도 한 시간 동안은, 아직은 따스했다. 그는 배낭에 머리를 올려놓고 누워서 하늘을 바라보았다. 세상은 얼마나 아름다운가, 얼마나 물리고 지치게 하는가!

탄력 없는 목재 신발창을 힘차게 내딛는 발걸음 소리가 산에서 아래로 울려왔다. 양치류와 금작화 사이로 한 모습이, 한 여인이 나타났다. 그녀의 옷 색깔을 알아볼 순 없었다. 그녀는 건강하고 균형 잡힌 발걸음으로 다가왔다. 클링조어는 벌떡 일어나서 좋은 저녁! 하고 인사말을 외쳤다. 그녀는 약간 놀라 한순간 멈추어 섰다. 그는 그녀의 얼굴을 바라보았다. 아는 얼굴이었지만 어디서 알게 되었는지는 알지 못했다. 그녀는 예쁘장한 검은 모습이고 아름답고 단단한 치아가 밝게 빛났다.

"이봐요!" 그가 소리치며 그녀에게 손을 내밀었다. 무언가 어떤 작은 기억이 이 여인을 자신과 연결해주고 있음을 느꼈다. "우리 만난 적이 있나요?"

"성모님, 맙소사! 당신은 카스타네타의 화가시네! 아직 저를 기억하나요?"

그렇다, 이제 그는 알았다. 저 타베르네 골짜기의 농부 아낙이었다. 어느새 짙은 그림자와 뒤섞여 과거가 되어버린 이번 여름에 그는 그녀의 집 옆에서 몇 시간 동안 그림을 그리며 그녀의 우물에서 물을 뜨고, 무화과나무 그늘에서 한 시간 동안 잠을 자고, 마지막에 그녀에게서 한 잔의 포도주와 키스를 받았었다.

"다신 오지 않으셨죠." 그녀가 탄식했다. "나한테 다시 오겠다고 약속해놓고선."

그녀의 깊은 목소리에선 장난기와 도전이 울려 나왔다. 클링조어는 활기차졌다.

"에코[자, 바로 이거지], 그럴수록 당신이 내게로 온 게 더 좋은걸. 방금 난 혼자서 슬펐는데 그게 얼마나 행운이었나!"

"슬펐다고? 나를 속이지 말아요, 당신은 익살꾼이라 한마디도 당신 말을 믿으면 안 되니까. 어쨌든 난 다시 가야겠어요."

"오, 그럼 나도 당신과 함께 가지."

"그건 당신의 길이 아니고, 또 그럴 필요도 없는데. 나한테 대체 무슨 일이 생기겠어요?"

"당신한텐 아니지만, 나한텐 심각하지요. 가는 길에 누군가가 당신 마음에 들어서 당신과 함께 가면서 당신의 사랑스러운 입술과 목과 아름다운 가슴에 키스한다면, 나 말고 다른 누군가가 말이오. 아니, 그래선 안 되지."

그가 그녀의 목덜미에 손을 올려놓았는데 그녀는 그것을 밀어내지 않았다.

"별이여, 나의 작은! 보물! 내 작은 달콤한 자두! 나를 깨물어요, 아니면 내가 당신을 먹을 테야."

웃음을 터뜨리며 몸을 뒤로 젖힌 그녀의 벌어진 강한 입술에 그가 키스했고, 그녀는 저항과 항변 사이에서 굴복했다. 그녀가 다시 키스하고는 머리를 가로저으며 웃고 벗어나려고 했다. 그는 그녀를 자기 쪽으로 끌어당겨 입술로 그녀 입술을 누르며 손을 그녀의 가슴에 올렸는데, 그녀의 머리카락이 여름의 냄새, 건초, 금작화, 양치류, 나무딸기 냄새를 풍겼다. 한순간 숨을 깊이 내쉬며 그는 머리를 뒤로 젖혔다. 빛이 사라진 하늘에서 작고 하얀 별이 처음으로 나타나고 있었다. 여자는 말없이 얼굴이 진지해졌고, 한숨을 쉬며 자기 손을 그의 손 위에 가져다 얹더니 자기 젖가슴을 꾹 눌렀다. 그는 부드럽게 몸을 굽히고 반항하지 않는 그녀의 오금을 팔로 눌러서 그녀를 풀숲에 눕혔다.

"나를 사랑하나요?" 그녀가 작은 소녀처럼 물었다. "가여운 나!"

그들은 그 잔을 마셨고, 바람이 그녀의 머리카락 위로 불어와 그녀의 호흡을 데려갔다.

작별하기 전에 그는 그녀에게 선물할 만한 것이 없는지 배낭과 재킷 호주머니를 뒤져서 작은 은제 담배 케이스를 찾아냈는데, 담배가 아직 절반이나 들어 있었다. 담배를 비우고 케이스를 그녀에게 내밀었다.

"아니, 선물이 아니야, 물론 아니지!" 그가 단언했다. "그냥 당신이 나를 잊지 말라고 주는 기념품이오."

"난 당신을 잊지 않아요." 그녀가 말했다. 이어서 "다시 올 건가요?" 하고 물었다.

그는 슬퍼졌다. 천천히 그녀의 두 눈에 키스했다. "다시 오겠소." 그가 말했다.

그는 한참 동안 더 움직이지 않고 서서, 아래로 내려가는 그녀의 목재 신발창 발걸음 소리를 들었다. 풀밭 바닥을 울리고 숲을 통과하고, 땅을, 들판을, 나뭇잎을, 뿌리를 통과하는 소리를. 뭔가가, 어쩌면 버섯, 어쩌면 시든 양치류가 강하고 씁쓰레한 가을 냄새를 풍겼다.

클링조어는 집으로 돌아갈 결심을 할 수 없었다. 지금 무엇 하러 비탈길을 올라가 무엇 하러 자기 방의 그 모든 그림들에게로 돌아간단 말인가? 풀밭에 몸을 쭉 뻗고 누워 별을 바라보다가 마침내 잠이 들었고, 한밤중에 어떤 동물의 외침, 또는 돌풍, 또는 이슬의 서늘함에 깨어났다. 그런 다음 그는 카스타네타로 올라가며 자기 집 건물, 이어서 문을, 이어서 자기 방을 보았다. 편지들과 꽃들이 있었다. 낮에 친구가 방문했던 것이다.

그토록 지쳤는데도 오래된 질긴 습관에 따라 한밤중인데도 물건들을 다 풀고 램프 불빛에 그날의 스케치들을 살펴보았다. 숲의 내부 스케치는 아름다웠다. 빛이 새어 드는 그림자 속 잡초와 바위들은 보물실처럼 서늘하고 귀하게 빛났다. 크롬 황색, 오렌지, 청색으로만 작업하고 주홍을 버린 것은 올바른 일이었다. 그는 그 그림을 오래 바라보았다.

하지만 무얼 위해? 색깔로 가득한 이 모든 종이는 대체 무얼 위한 거지? 이 모든 노력, 땀, 짧고도 도취된 창작욕은 무얼 위한 건가? 녹초가 되어 옷도 제대로 벗지 않고 침대에 쓰러져 불을 끄고 잠을 청하면서 그는 두보의 시구를 혼잣말로 웅얼거렸다.

머지않아 바람이 덜컥대며
내 갈색 무덤 위로 불어가고.

클링조어가 잔인한 사람 루이에게 편지를 쓰다

 카로 루이지[친애하는 루이]! 자네 목소리 못 들은 지 오래네. 아직 살아는 있는가? 독수리가 벌써 자네 사지를 쪼아대고 있나?
 자네 언젠가 멈춘 벽시계를 뜨개바늘로 쿡쿡 쑤신 적이 있지? 나도 그런 짓을 해보았는데, 갑자기 악마가 작동하기 시작하는 걸 경험했다네. 존재하는 시간이 몽땅 덜컥대며 시계에 있는 모든 바늘이 숫자판에서 경쟁을 벌이더니 끔찍한 소리와 함께 프레스티시모[아주 빠르게]로 맹렬히 돌다가, 갑자기 모든 게 철컥 멈추고 시계가 정신 줄을 놓아버리데. 지금 이곳 우리의 사정이 바로 그렇다네. 태양과 달은 하늘에서 광란하듯 열나게 달리고, 날들은 서둘러 지나가고 시간은 마치 자루 구멍으로 새듯 줄줄 흐른다네. 제발 종말도 그렇게 갑작스러운 것이어서, 취한 세계가 도로 시민 세계의 속도로 돌아가지 말고 그대로 몰락하기를.

요 며칠 나는 마치 무언가 생각할 수 있기라도 한 것처럼 매우 바쁘게 지내("마치 무언가 생각할 수 있기라도 한 것처럼"이라는, 이른바 '문장'이란 걸 소리 내서 혼자 읽어보면, 그게 얼마나 웃기게 들리는지)! 하지만 저녁때는 자네가 없다는 걸 자주 느껴. 대개는 포도주 저장고를 갖춘 숲속의 술집들 한 곳에 앉아 좋아하는 붉은 포도주를 마시는데, 대부분 별로 훌륭하진 않아도 삶을 지탱하도록 도와주고 잠이 잘 오게 해주지. 심지어 몇 번은 그로토[주점]의 탁자에 잠들었다가 그곳 토박이들이 히죽거리는 가운데, 내가 신경쇠약에도 불구하고 그런대로 잘 일어설 수 있다는 걸 증명했다네. 몇 번은 친구들과 아가씨들도 함께 있었으니 나긋한 여자의 팔다리에 대고 손가락 연습을 하면서 동시에 모자며 구두 뒷굽과 예술 이야기도 나누는 거지. 이따금 적당한 열기에 도달하는 일도 있고, 그러면 우린 밤새 소리치고 웃어대지, 사람들은 클링조어가 저토록 즐거운 형제라는 걸 기뻐한다네. 이곳엔 아주 아름다운 여인이 있는데, 그녀는 나를 볼 때마다 성급하게 자네 소식을 물어보더군.

우리 두 사람이 행하는 예술은, 교수나 할 법한 이야기지만,

항상 대상에 너무 가깝게 매달리지(그림 수수께끼처럼 잘 서술할 수 있다면 좋으련만). 우린 설사 좀 자유로운 필체로라도, 그리고 부르주아에겐 충분히 자극적인 것이라도, 언제나 '현실'의 물건들을 그리네, 사람, 나무, 연시(年市), 철도, 풍경들을 말이야. 이 점에서 우린 아직 관습을 따르는 거지. 부르주아는 모든 이 또는 많은 이에게 비슷하게 인식되고 서술되는 물건들을 '현실적'이라고 부르거든, 나는 이번 여름이 끝나자마자 한동안은 오직 환상들만을, 특히 꿈들만을 그릴 생각이야. 그 점에서 일부는 자네 뜻에도 맞을 걸세, 그러니까 미친 듯 웃기고 놀라운 것, 일테면 쾰른 대성당 토끼 사냥꾼의 콜로피노 시가[담배] 이야기 같은 거지. 설사 내 발밑의 기반이 이미 얇아졌다고 느낀다 해도, 설사 내가 대체로 여러 해 또는 여러 날을 갈망하지는 않는다 해도, 난 여전히 몇몇 격렬한 이 세상의 폭죽을 좇고 싶다네. 최근 어떤 그림 상인(畵商)이 내가 최신작들에서 두 번째 청춘을 경험하는 걸 경탄으로 바라본다고 썼더군. 어떤 점에선 그 말이 맞아. 나는 올해야 비로소 그림을 제대로 그리기 시작한 것 같거든. 하지만 내가 경험하고 있는 건 봄이라기보다는 일종의 폭발이야. 내 안에 얼마나 많은 다이너마이트가 숨어 있는지 놀랍지만, 다이너마이트란 연료 절약형 화덕에선 제구실을 못 하지.

친애하는 루이, 늙은 탕아인 우리 두 사람이 근본에선 부끄럼을 타면서 감정의 일부를 서로에게 알리기보다는, 차라리 잔을 머리통에 대고 내리쳐버린다는 사실을 나는 얼마나 자주 조용히 기뻐했던지. 그렇게 계속되기를, 늙은 고슴도치야!*

우린 최근에 바렝고 근처 그로토에서 빵과 포도주로 잔치를 벌였지, 한밤중 깊은 숲에 우리의 노래, 저 옛날의 로마 노래들이 울려 퍼졌어. 사람이 나이가 들고 두 발이 얼기 시작하면 행복을 위해 필요한 게 줄어들지, 낮에 여덟 시간 또는 열 시간 작업하고, 피에몬테 포도주 1리터, 빵 반 파운드, 버지니아 시가 한 대, 여자친구 몇 명, 물론 온기와 좋은 날씨가 필요한데, 그런 게 있었다네, 여름은 훌륭하게 기능하고, 내 두개골은 미라 두개골처럼 타버렸지.

이따금 내 삶과 작업이 이제야 비로소 시작한다는 느낌도 들지만, 내가 이미 80년이나 힘들게 일해서 곧 휴식과 자유시간을 요구한다고도 느껴. 누구나 한번은 끝에 이르잖나, 나의 루이, 나도, 자네도. 맙소사, 내가 자네한테 뭐라고 쓰고 있는지, 내 건강이 좋지 않다는 걸 알 수 있겠지. 우울증과 눈의

---

* 쇼펜하우어의 고슴도치 딜레마로, 두 마리 고슴도치는 너무 밀착하면 서로의 가시에 찔려 죽고, 너무 멀리 떨어지면 추위에 시달리게 되니 서로 적당한 거리를 유지해야 한다.

통증도 많이 느낀다네. 벌써 여러 해 전에 읽은 망막박리에 대한 논문이 이따금 기억나서 괴로워.

자네도 잘 아는 내 발코니 문을 통해 아래를 내려다볼 때면 우리가 한동안 열심히 일해야 한다는 게 분명해진다. 세상은 이루 말할 수 없이 아름답고 다양한데, 그것이 이 초록색 높은 문을 통해 밤낮 내게로 올라와 벨을 울리며 외치고 요구한다네, 나는 언제나 거듭 밖으로 달려 나가 그 일부를 떼어내서 가져오지, 아주 작은 조각을 말일세. 이곳의 녹지대는 메마른 여름으로 인해 지금 놀랄 만큼 듬성듬성하고 불그레해졌어, 내가 다시 산화철과 적갈색을 붙잡게 되리라곤 생각지 못했다네. 이젠 온통 가을이 눈앞에 놓여 있어, 그루터기만 남은 들판, 포도 수확, 옥수수 따기, 붉은 숲들이. 난 그 모든 걸 한 번 더 함께할 거야, 날마다. 그러면 아마 습작 몇백 개를 그릴 테지. 하지만 내가 느끼기에 그런 다음엔 아마 내면으로의 길을 갈 테고, 젊은 시절 한동안 그랬듯, 한 번 더 온통 기억과 상상력으로만 그림을 그릴 거고 시를 만들고 꿈을 엮을 거야. 그래야 해.

 파리의 위대한 화가 한 명은, 어떤 젊은 예술가에게 충고를 요청받고 이렇게 말했다네. "젊은이, 화가가 되고 싶다면, 무엇보다도 잘 먹어야 한다는 걸 잊지 마시오. 둘째로는 소화가 중요하지, 정기적인 배변에도 신경을 써야 하고! 세 번째로는 언제나 예쁜 여자친구를 두도록 하시오!" 나도 이런 예술의 시작을 배웠고, 이 점에서 부족함이 거의 없었다고 생각해야겠지. 하지만 올해는, 빌어먹을, 이런 단순한 일들조차도 잘되지 않는 거야. 나는 많이 먹지 않는데 잘 먹지도 않아, 온종일 빵만 먹고, 이따금 위장 문제도 있거든(내 장담하지만, 인간이 해야 하는 가장 쓸모없는 일!), 게다가 진짜 여자친구도 없이 네댓 명 여자와 관계가 있지만 배고프고 지쳐 있다네. 태엽 장치의 뭔가가 고장 난 거야, 내가 뜨개바늘로 쑤신 뒤로 시계가 다시 가기는 하지만, 악마처럼 빨리 지나가는 데다가 이상하게 덜그럭댄다네. 건강할 때는 삶이 얼마나 단순한가! 자넨 옛날 우리가 팔레트를 놓고 토론하던 시절을 빼면 내게서 이렇게 긴 편지를 받아본 적이 없을 거야. 이만 그치겠네, 거의 5시고, 아름다운 새벽빛이 시작되고 있어. 인사를 보낸다, 너의

클링조어.

추신. 자네가 나의 작은 그림을 갖고 싶어 했던 걸 기억하네. 내가 그린 것 중 가장 중국 방식의 그림으로, 오두막과 붉은 길, 베로나 초록빛을 띤 뾰쪽뾰쪽한 나무들이 있고, 멀리 배경에 장난감 도시가 있는 것 말이야. 자네가 어디 있는지 모르니 지금은 보낼 수가 없어. 그건 자네 거야, 만일의 경우를 위해 말해두고 싶네.

클링조어가 친구 두보에게 시 한 편을 보내다
―그가 자화상을 그리던 나날들에 쓴 것

취한 밤, 바람이 꿰뚫는 작은 덤불숲에 앉아 있네,
노래하는 나뭇가지들을 가을이 이미 갉아 먹었고,
주막집 주인은 비어버린 내 술병을 가득 채우려고
투덜대며 저장고로 가고.

내일, 내일이면 창백한 죽음이
덜컥대는 큰 낫으로 내 붉은 살을 베어낼 거야,
죽음이 벌써 오래 매복하고 있다는 걸
난 알지, 분노한 원수 죽음이.

놈을 조롱하려고 나는 밤의 절반을 노래한다,

취한 노래를 지친 숲에 대고 웅얼거리는 거야,
녀석의 위협에 웃음을 터뜨리는 거지,
그게 내 노래와 내 취함의 의미란다.

먼 길을 방랑하는 나는 많은 걸 행하고 또 당했어.
이 저녁에 앉아 마시며 두려움으로 기다린다,
저 창백한 낫이 움찔하는 심장에서
내 머리를 갈라내기까지.

자화상

특별하고 메마른, 태양이 작열하는 여러 주를 보낸 다음 9월의 처음 며칠 비가 내렸다. 이 며칠 동안 클링조어는 카스타네타에 있는 자기 궁전의 창문 높은 홀에서, 지금은 프랑크푸르트에 걸려 있는 자화상을 그렸다.

완전히 종말로 가는 그의 마지막 작품이며 두렵고도 불가사의하게 아름다운 이 그림은 저 여름의 작업 끝, 전례 없이 작열하던 저 광적인 작업 기간 마지막에, 그 시기의 정점이자 왕관으로서 나타난 것이다. 이 초상화가 자연주의의 유사함과는 극히 거리가 먼데도, 클링조어를 아는 사람 누구든 이 그림을 보면 곧바로 틀림없이 그를 알아본다는 사실이 많은 이의 관심을 끌었다.

클링조어의 모든 후기 작품이 그렇듯 이 자화상도 극히 다양한 관점에서 관찰할 수 있다. 많은 이에게, 특히 그를 알지 못하는 사람들에게도 이 그림은 무엇보다도 색채의 협주곡으로서, 그 온갖 다채로운 색상에도 불구하고 경이롭게 조율된, 고요하고 고귀한 효과를 지닌 벽걸이다. 다른 이들은 이 작품에서 대상성에서 해방되려는 마지막 대담한, 거의 처절한 시도를 본다. 풍경화처럼 그려진 얼굴, 잎사귀와 나무껍질을 연상시키는 머리카락, 바위 틈바구니처럼 묘사된 눈구멍들―그들 말로는 이 그림은 자연을 연상시킨다. 조금 멀리서 보면 많은 산등성이가 인간의 얼굴을 연상시키고 일부 나뭇가지들이 손과 다리를 연상시키듯 말이다. 하지만 많은 이는 반대로 이 작품에서 오로지 서술 대상, 즉 클링조어의 얼굴만을, 그것도 그 자신이 엄격한 심리학을 동원해 해체하고 해석한 그의 얼굴만을 본다. 거대한 하나의 고백, 소리치고 감동을 주는, 놀라게 하는, 가차 없는 고백을 보는 것이다. 가장 고약한 적 몇몇도 포함된 또 다른 이들은, 이 그림을 오로지 클링조어의 광증의 산물이자 그 표지라고만 본다. 그들은 초상화의 머리를 자연주의적으로 본 오리지널, 즉 사진들과 비교하고는, 형태들이 일그러지고 과장된 부분에서 흑인의 요소, 퇴화되고 격세유전되는 짐승의 요소들을 찾아내는 것이다. 이런 사람들 일부는 이 그림의 우상적 요소, 환상적 요소에도 주목하면서, 거기서 일종의 편집증적인 자기 숭배, 신성 모독과 자화자찬, 일종의 종교적 과대망상을 본다. 이런 온갖 관찰 방식이 가능했고, 다른 것도 더 많았다.

이 그림을 그리던 나날에 클링조어는 밤에 포도주를 마시러 나가는 것 말고는 외출도 하지 않았다. 집주인 여자가 가져다주는 빵과 과일만 먹으며 면도도 하지 않았고, 햇빛에 그은 이마 아래 푹 꺼진 두 눈은 황폐해서 실로 두려움을 불러일으키는 모습이었다. 그는 자리에 앉아 기억으로만 그림을 그리다가, 오직 작업을 쉬는 동안에만 이따금씩 북쪽 벽에 걸린, 장미 넝쿨이 그려진 커다란 구식 거울 앞으로 다가가 목을 앞으로 쭉 빼고 눈을 크게 열고서 상을 찌푸리곤 했다.

그는 멍청한 장미 넝쿨 사이의 커다란 거울에서 클링조어-얼굴 뒤로 많고 많은 얼굴을 보았고, 자기 얼굴 안에다 수많은 얼굴을 그려 넣었다. 달콤하고 놀란 아이 얼굴, 꿈과 광채로 가득 찬 젊은이의 뺨, 조롱하는 술꾼의 눈과 목마른 자의 입술, 쫓기는 자, 고통받으며 탐색하는 자, 탕자, 잃어버린 아이의 얼굴을 그렸다. 하지만 그는 대가다운 잔인한 솜씨로, 이 머리를 원시림의 우상, 자신에게 매혹된, 질투하는 여호와, 사람들이 만물과 처녀들을 바치던 도깨비로 만들었다. 이

것이 몇 개 얼굴이었다. 또 다른 모습은 멸망하는 자, 몰락하는 자, 자신의 몰락에 합의한 자의 얼굴이었다. 두개골에선 이끼가 자라고, 늙은 치아들은 비스듬히 서 있고, 시든 피부에 갈라진 틈들이 가로지르고, 그 틈에는 딱지와 곰팡이가 피었다. 이것은 몇몇 친구가 이 그림에서 특별히 좋아한 점이다. 그들은 이렇게 말한다. 이 사람을 보라,* 이것은 지치고, 욕심 많고, 거칠고, 아이 같으며 세련된 우리 후대의 인간, 죽어가는, 죽기를 바라는 유럽의 인간이다. 온갖 동경으로 정제된, 온갖 악습으로 병든, 자신의 몰락을 알기에 열광적으로 생동하는, 모든 발전을 각오하고, 모든 퇴행에 알맞은, 온통 작열하면서 온통 피곤한, 모르핀 중독자가 독약에 집착하듯 운명과 고통에 집착하는, 쓸쓸해진, 푹 팬, 아주 늙은, 파우스트며 동시에 카라마조프인, 짐승이며 지혜로운 자인, 완전히 폭로된, 명예욕이 아예 없는, 완전히 벌거벗은, 죽음에 대한 아이의 공포로 가득한, 죽어감에 대한 피로한 각오로 가득한 사람.

이 모든 얼굴 뒤로 계속 더 깊이, 더 멀고도 깊고도 더 오래된 얼굴들, 인간 이전의, 짐승의, 식물의, 돌의 얼굴들이 잠자

* 'ecce homo'는 라틴어로, 니체의 언어를 인용.

고 있었다. 마치 지상의 마지막 인간이 죽음 직전의 순간에 자신의 초기 시대, 세계의 청춘 시대의 모든 모습을 꿈결처럼 빠르게 한 번 더 기억하기라도 하는 양.

이렇게 미치도록 긴장된 날들에 클링조어는 무아지경에 빠진 사람처럼 살았다. 밤이면 포도주로 묵직하게 자신을 채우고는 손에 촛불을 들고 저 낡은 거울 앞에 서서 거울 속 얼굴, 우수에 차서 히죽이는 술꾼의 얼굴을 관찰했다. 어느 저녁에는 애인 한 명이 그의 집 스튜디오 안락의자에 머물렀다. 그는 벌거벗은 그녀를 꼭 끌어안은 채로 그녀의 어깨 너머로 거울을 보았는데, 풀어 헤친 그녀의 머리카락 옆으로 자신의 일그러진 얼굴을, 붉어진 두 눈과 쾌락으로 가득하면서도 쾌락에 대한 역겨움으로 가득한 얼굴을 보았다. 그녀에게 내일 다시 오라고 말했지만, 그녀는 두려움을 느끼고 다시는 오지 않았다.

밤이면 그는 거의 잠을 자지 않았다. 자주 두려움에 가득 찬 꿈에서 깨어났고, 땀범벅인 얼굴을 하고 거칠고도 삶에 지쳐서, 그런데도 벌떡 일어나 장롱 거울을 들여다보며 이 혼란스러운 모습의 황폐한 풍경화를 읽어냈다. 음울하고 증오에 찬, 또는 남 잘못된 걸 좋아하는 심술궂은 미소를 띤 모습이었다. 그는 자신이 고문당하는 꿈을 꾸기도 했는데, 두 눈에 못이 박히고, 코는 갈고리로 찢겨 갈라졌다. 책을 손에 들고 그 겉장 위에 목탄을 올려놓은 채, 두 눈에 못이 박힌 이 고문당한 얼굴을 스케치했다. 그가 죽은 뒤에 우리는 이 기묘한 스케치를 발견했다. 안면 신경통 발작에 시달리며, 의자 등받이 위로 비틀리고 매달려 고통으로 웃고 소리치며, 자신의 넋 나간 얼굴을 거울 면에 대고 자기 얼굴의 경련들을 관찰하고 눈물을 비웃는 모습.

또한 그는 이 초상화에 자기 얼굴, 또는 자신의 천 개 얼굴만 그린 게 아니었다. 자기 눈과 입술, 입의 고통스러운 협곡, 이마의 갈라진 바위들, 뿌리 같은 두 손, 경련하는 손가락, 이성에 대한 조롱, 눈 속의 죽음 등만 그린 게 아니었다. 차고도 넘치는, 압축된, 경련하는 자신만의 붓질로 자신의 삶, 자신의 사랑, 자신의 믿음, 자신의 절망도 덧붙여 그렸다. 벌거벗은 여인네 한 떼도 함께 그렸는데, 이들은 폭풍에 밀려 지나가는 새들처럼 우상인 클링조어에게 바쳐진 제물이었다. 또한 자살자의 얼굴을 지닌 젊은이 한 명과 멀리 있는 사원과 숲들, 나이 들어 수염을 늘어뜨린, 강하고도 멍청한 신, 단도로 갈라진 여인의 젖가슴, 날개 위에 얼굴들이 있는 나비들을 그렸고, 그림의 맨 뒤쪽 카오스 가장자리에는 그림 속 클링조어의 두뇌 안에 침처럼 작은 창을 찔러 넣는 잿빛 유령인 죽음을 그렸다.

 몇 시간이고 그림을 그리고 나면 불안감이 그를 들쑤셔서, 그는 쉬지 않고 방을 이리저리 돌아다녔다. 문들이 그의 뒤에서 불어오고 그는 그릇장(欌)에서 술병들을 끄집어내고 서가에서 책들을, 탁자에서 벽걸이들을 쓸어내며, 바닥에 누워 글을 읽고, 또 심호흡하면서 창문 밖 아래로 깊이 몸을 내밀고, 낡은 스케치들과 사진들을 찾아 방마다 바닥과 탁자와 침대와 의자 들에 종이, 그림, 책, 편지를 가득 늘어놓았다. 비바람이 창문을 통해 불어오면, 모든 것이 어수선하고 처량하게 서로 뒤섞여 날렸다. 낡은 물건들 사이에서 그는 어린 시절의 사진을 찾아냈다. 네 살 때의 증명사진, 흰색 여름 양복을 입은, 창백한 금발 아래 달콤하고도 건방진 소년의 얼굴을. 부모의 사진들, 젊은 시절 연인들의 사진도 찾아냈다. 모든 것이 그를 분주하게 만들고, 자극하고 긴장시키고 괴롭혔으며, 그를 이리저리 데려가고, 그는 모든 것을 끌어당겼다가 도로 내던지고는, 그러다 다시 움찔하며 나무 패널에 매달려 계속 그렸다. 자화상에서 절벽을 통과하는 주름을 더 깊게 하고, 자기 삶의 사원을 더 확장했다. 모든 삶의 영원성을 더욱 강력히 발언하고, 자신의 무상함을 더욱 흐느끼며 말하고, 미소 짓는 비유를 더욱 달콤하게, 소멸하라는 판결을 더욱 조롱 조로 표현했다. 쫓기는 사슴인 그는 다시 뛰어 일어나 갇힌 자의 빠른 걸음으로 방들을 통해 달렸다. 기쁨과 깊은 창조의 희열, 축축한 환호의 뇌우가 번개처럼 그를 뚫고 지나갔지만, 그러다 마침내 고통이 도로 그를 바닥으로 내던지며 삶과 예술의 파편들을 그의 얼굴에 내동댕이쳤다. 그는 자기 그림 앞에서 기도하고, 거기에 침을 뱉었다. 모든 창작자가 착란을 일으키듯 그도 착란을 일으켰다. 하지만 그는 창작의 착란 중에도, 몽유병자처럼 빈틈없이 영리하게 작품이 요구하는 모든 일을 행했다. 자신의 초상화를 위한 이 잔혹한 싸움에서 한 개인의 운명과 변명만이 아니라 인간적인 것, 보편적인 것, 필연적인 것이 완성된다는 것을 느꼈다. 그는 자기가 이제 다시 하나의 과제, 하나의 운명 앞에 서 있음을, 그 이전의 온갖 두려움과 도주와 취함과 비틀거림은 바로 이 과제에 대한 두려움과 여기서 도망치는 일에 지나지 않았음을 느꼈다. 이젠 두려움도 도주도 더는 없었고, 오직 앞으로 나아가기, 오로지 베고 찌르기와 승리와 몰락이 있을 뿐이었다. 그는 승리했고 몰락했으며, 고통받고, 웃고, 이 악물고 나아가며, 죽이고 죽고, 낳고 태어났다.

한 프랑스 화가가 그를 만나기를 원했기에 여주인은 그를 앞방으로 안내했다. 넘치도록 채워진 공간에서 무질서와 더

러움이 히죽 웃고 있었다. 클링조어가 왔는데, 소매와 얼굴에 색들을 묻힌 채 면도도 하지 않은 잿빛 모습으로, 공간을 통해 성큼성큼 달려왔다. 손님은 파리와 제네바에서의 인사를 전하면서 자신의 존경심도 말했다. 클링조어는 이리저리 오가며 듣지도 않는 듯했다. 손님이 당황해서 침묵하며 물러나려는데, 클링조어가 그에게로 달려오더니 색깔로 뒤덮인 손을 그의 어깨에 올리고는 그의 눈을 들여다보았다. "고맙소." 그가 느리고 힘들게 말했다. "고맙소, 친구여. 나는 일하는 중이라 말할 수가 없어요. 사람은 언제나 말이 너무 많지. 나를 고깝게 여기지는 마시고, 내 친구들에게 인사를 전해주시오, 그리고 내가 그들을 사랑한다는 말도 전해주시고." 그러고는 다른 방으로 사라졌다.

이렇듯 채찍질을 당한 날들의 끝에 완성된 이 초상화를, 그는 사용하지 않는 빈 부엌에 세워두고는 문을 잠갔다. 한 번도 누군가에게 그것을 보여준 적이 없었다. 그러고는 베로날*을 먹고 하루 낮과 밤을 잤다. 그런 다음 몸을 씻고 면도하고 새 옷을 차려입고 도시로 가서, 지나에게 선물할 과일과 담배를 샀다.

• 강력한 수면제.

해설

탐미적 술꾼의 최후

 화가를 주인공으로 삼는 이 짧은 소설은 독자가 보통은 헤세에게서 기대하지 않던 뜻밖의 측면을 보여준다. 바로 극단적 탐닉의 요소다. 예술가들은 쉽사리 드러내지 않더라도, 직업의 특성상 어딘지 탐미주의 요소를 간직하게 마련이다. 헤세는 어린 시절에 심하게 반항하긴 했지만, 그의 작품은 대개 균형 잡힌 합리성을 보이며 환상적인 요소들도 합리적 설명이 가능하도록 서술된다. 이 작품에 등장하는 것 같은 극단과 탐닉의 요소를 그의 작품 세계에서 찾아보기는 힘들다.

 소설의 시간적 배경은 제1차 세계대전이 끝나고 아직 몹시 궁핍하던 1919년 여름, 곧 주인공의 탄생 달이기도 한 절정의 7월, 몰락의 음악이 배경음으로 이어지는 8월, 그리고 9월의 처음 며칠이다. 스위스 남부 도시 루가노 일대와 그 주변이 공간적 배경인데, 지역 이름은 슬쩍 바뀌어 있다. 이 여름 몹시 과로하던 화가는 그해 늦가을에 갑자기 죽고, 그의 마지막 사건들을 정리하고 기록해서 들려주는 이야기꾼은 아마도 남겨진 친구의 한 명인 것 같다.

탐닉

첫 장면에서 클링조어는 극도로 지쳐 있다. 7월 어느 날, 스케치로 하루를 보내고 저녁에는 저 혼자서만 좋아하는 젊은 여인 지나를 만나고 나서 밤길을 걸어 자정이 지난 시각에야 집에 돌아왔다. 몹시 피곤한 상태인데도 잠잘 생각은 안 하고, 온갖 상념에 잠긴다. 그의 상념을 가로지르는 것은 무엇보다 색채와 형태다. 작열하는 여름의 태양처럼 그는 작열하는 작업의 열기에 사로잡혀 있다. 그날 작업한 스케치들을 꼼꼼히 살펴보면서 지나 생각도 하고 시집도 잠깐 들여다본다. 그렇게 늦게까지 깨어 있다가 마지못해 겨우 잠들자 꿈에서 온갖 여인이 뒤엉켜 자기를 두고 싸움질하는 걸 본다.

그가 탐닉하는 대상이 여기서 분명해진다. 작업에 미친 화가인 그는 낮 동안엔 주로 그 지역의 풍경을 스케치하는데, 그의 마음을 가장 사로잡는 것은 젊은 여인을 향한 동경이다.

작업에는 온 힘을 다해 헌신하지만, 여인을 향한 그리움은 실천적 특성이 크게 없이 주로 머릿속 상념으로 메아리친다.

이어서 화가 친구 루이의 이야기가 등장한다. 소설의 절정인 〈카레노 소풍〉에서 클링조어는 단 하루 작업을 완전히 잊고, 그러나 눈길은 계속 색채와 형태에 끌리고 상념은 여인들을 좇는 가운데, 늦은 시간까지 친구들과 함께 보낸다. 화가 아닌 인간 클링조어의 모습이 차츰 분명해진다. 친구를 좋아하고, 친구들과의 모임을 사랑하며, 언제나 상념으로는 여인들을 한없이 사랑하는 인간이다.

그리고 저녁 시간에 술꾼 클링조어가 모습을 드러낸다. 친구들 사이의 대화를 주도하는 매혹적이고 환상적인 이야기꾼, 노래하고 폭음하면서 즐거워하는 사람이다. 하지만 이어지는 〈몰락의 음악〉에서 비로소 독자는 진짜 술꾼을 만난다. 중국의 술꾼 시인 이태백을 한없이 존중하고 스스로 이태백이라 자처하며 "삼백 잔"을 외치는, 실은 우울증의 화가다. 그의 눈앞으로 곧바로 다가오는 것은 바로 죽음의 모습, 이 장에서 그는 죽음을 정면으로 응시한다.

이 작품에서 주인공이 탐닉하는 대상은 무엇보다 작업과 여인, 술과 죽음이다.

술꾼과 죽음

아르메니아 사람인 마법사와의 대화에서 그가 내면에 지닌 우울증의 근원이 나타난다. 죽음을 마다하지 않는 클링조어의 태도를 보면서 마법사는 그게 바로 우울증이라고 말한다. "이를 앙다물고 한 시간을, 짧고도 집중된 한 시간을 보내고 나면" 우울증을 영원히 떼어낼 수 있을 테지만, 화가가 그러지 않는단다. 그러면서 마법사는 화가에게 묻는다. '자넨 예술로 시간을 중지시킬 수 있나?' 바꾸어 말하면, 예술로 우리 삶의 허망함에 맞설 수가 있는가?

직접 답하지는 않지만 클링조어의 답은 꽤 분명하다. 아마 잠깐은 가능하겠지만, 길게는 그럴 수 없다는 거다. 시간이 흐르면 예술품도 부서지고 흩어진다. 그리고 그렇게 시간이 흐르면서 부서지는 과거의 작품들을 그는 사랑한다.

술꾼 화가 클링조어는 죽음에 맞서 물감을 대포 삼아 쏘아 보낸다. 죽음에 맞서 열심히 색채를 쏘며 작업에 몰두하지만, 실은 삶과 예술의 근원적인 허망함을 이해하면서 그는 중국의 대선배인 술꾼 시인 이태백을 찬미한다. 이렇게 저녁이면 술에 취해 술집에서 잠들어도, 낮이면 작업을 계속한다.

작품의 종결부는 그가 남긴 마지막 대작인 '자화상'에 관한 것이다. 작품이 세밀하게 설명되고, 그 작업의 과정도 비교적

상세히 서술된다. 극단의 몰입 상태에서 화가는 자신의 초상화를 통해 "죽어가는, 죽기를 바라는 유럽의 인간"을 포착해 그려냈다. 자기 개인의 초상화를 넘어, "인간적인 것, 보편적인 것, 필연적인 것"을 한 사람의 얼굴 안에 붙잡아 넣는 작업에 마지막까지 몰두한 것이다.

그가 죽은 다음 부엌에서 발견된 이 자화상은 뛰어난 작품성을 가진 것으로 인정받아 "지금은 프랑크푸르트에 걸려" 있다. 화가 클링조어가 이 작품으로 영원성을 얻을지는 알 수 없으나, 스스로는 상당히 만족할 만한 작품을 완성한 것이다.

언어로 만든 미술품

죽음에 맞서 작품을 생산하고, 죽기까지 작업과 색채에 몰두하는 화가의 모습에서 우리는 탐미주의자의 핵심을 본다. 대상이 무엇이든 과도한 탐닉은 죽음으로 연결될 수밖에 없다. 작업과 삶을 한꺼번에 누리려고 '양쪽에서 동시에 타오르는 양초'처럼 미칠 듯 낭비하고 연소하면서, 도취한 삶과 여인을 찬미하는 화가 클링조어는, "우리의 영리한 옛날 형님 (……) 이태백은 고요한 강에 뜬 배 위에서 죽었으니"라고 감격해서 말한다.

마지막 장에서 이야기꾼은 주인공이 남긴 '자화상'을 언어로 묘사한다. 그림을 볼 수 없는 독자는 치밀하게 묘사된 언어 미술품을 읽으면서, 작품의 전체 모습과 그 내적 의미를 넘어 그 배후의 의미까지 탐색해 들어가는 서술과 언어의 집요함을 만난다. 언어의 이런 집요함이 이 소설 전체를 마치 미술품처럼 그려내고, 독자는 주인공 화가의 탐닉 뒤에서 감추어진 이야기꾼, 혹은 작가의 치열한 언어를 목격한다. '두보'라는 이름으로 불리는, 작가 친구 헤르만이 아마도 이야기꾼일 것이다. 이 이야기꾼도 언어에 깊이 탐닉하고 있다.

우리는 그렇게 이태백을 찬양하는 탐미적 술꾼 예술가 클링조어/헤세의 짧은 이야기를 읽는다.

안인희

클링조어의 마지막 여름

1판 1쇄 발행일 2025년 11월 17일

지은이 헤르만 헤세
옮긴이 안인희

발행인 김학원
발행처 (주)휴머니스트출판그룹
출판등록 제313-2007-000007호(2007년 1월 5일)
주소 (03991) 서울시 마포구 동교로23길 76(연남동)
전화 02-335-4422 **팩스** 02-334-3427
저자·독자 서비스 humanist@humanistbooks.com
홈페이지 www.humanistbooks.com
유튜브 youtube.com/user/humanistma
페이스북 facebook.com/hmcv2001
인스타그램 @humanist_insta

편집주간 황서현 **편집** 김대일 이성근 **디자인** 차민지
조판 아틀리에 **용지** 화인페이퍼 **인쇄·제본** 정민문화사

ISBN 979-11-7087-391-4 03850

- 이 책은 저작권법에 따라 보호받는 저작물이므로 무단 전재와 무단 복제를 금합니다.
- 이 책의 전부 또는 일부를 이용하려면 반드시 (주)휴머니스트출판그룹의 동의를 받아야 합니다.